Cecília em Portugal

Leila V.B. Gouvêa

CECÍLIA EM PORTUGAL

Ensaio biográfico sobre a presença de Cecília Meireles
na terra de Camões, Antero e Pessoa

ILUMI//URAS

Copyright © 2001:
Leila V.B. Gouvêa

Copyright © desta edição:
Editora Iluminuras Ltda.

Capa:
Fê
sobre *O baile* (1959/60), óleo sobre tela [147 x 162 cm],
Vieira da Silva. (Coleção particular.)

Revisão:
Maria Estela Alcântara

Filmes de capa:
Fast Film - Editora e Fotolito

Composição e filmes de miolo:
Iluminuras

ISBN: 85-7321-142-3

Nosso site conta com o apoio cultural da via net.works

2001
EDITORA ILUMINURAS LTDA.
Rua Oscar Freire, 1233 - 01426-001 - São Paulo - SP - Brasil
Tel.: (0xx11)3068-9433 / Fax: (0xx11)3082-5317
E-mail: iluminur@iluminuras.com.br
Site: www.iluminuras.com.br

ÍNDICE

SOBRE *CECÍLIA EM PORTUGAL* 11
Alcides Villaça

APRESENTAÇÃO 19

A VIAGEM 27

OS AMIGOS PORTUGUESES 35

FERNANDO CORREIA DIAS 47

POESIA, EDUCAÇÃO E FOLCLORE 57

PESSOA: HISTÓRIA DE UM (DES)ENCONTRO 65

CRÍTICOS E OUTROS AMIGOS PORTUGUESES 77

LISBOA REVISITADA. E A ILHA 97

REFERÊNCIAS BIBLIOGRÁFICAS 115

SOBRE A AUTORA 123

*Dedico este trabalho a
Fábio Alvim,
artista da luz,
companheiro iluminado.*

SOBRE CECÍLIA EM PORTUGAL

Alcides Villaça*

I

Em algum lugar, Otto Maria Carpeaux considerava que a admiração pode ser inimiga da compreensão. Mais de uma vez já me ocorreu essa frase, tão verdadeira a cada caso em que a homenagem do afeto acaba por enevoar os contornos da obra do homenageado. No entanto, acontece também de o admirador se impor, prazerosamente, o tributo de um reconhecimento objetivo, pondo-se a caminho do admirado com paixão e empenho crítico, com devoção e pesquisa minuciosa. É deste modo e nesta trilha que Leila Gouvêa foi ao encontro de Cecília Meireles.

Cecília em Portugal, *definindo-se a si mesmo como um "ensaio biográfico", promove um recorte bastante específico: reconstitui experiências da poeta brasileira em terras portuguesas, sobretudo nas estadas mais longas, que remontam a 1934 e a 1951. Por "experiências" entenda-se aqui não apenas o que documentalmente é possível levantar, a partir de cartas, depoimentos testemunhais, textos e entrevistas, acerca dos fatos agendáveis, dos encontros (ou desencontros), das conversas, das atividades culturais —, mas também o que a sensibilidade da pesquisadora detecta nos desvãos da matéria objetiva, buscando recompor o que é sempre mais difícil: a significação impressiva que as experiências teriam deixado em Cecília.*

Não há recorte biográfico justo que descarte inteiramente as deduções mais sensíveis do biógrafo. Aqui e ali, é preciso interpretar entrelinhas, silêncios, omissões, tonalidades de que nenhum protocolo dá conta. O leitor logo sentirá que é do interesse de Leila tanto recolher a matéria concretamente documentável como auscultar o que dela ressoa, em ondas menos precisas (porque talvez mais vitais). Aqui e ali, um discretíssimo

---

*) Poeta e professor livre-docente de Literatura Brasileira na Universidade de São Paulo.

tratamento ficcional, a insinuar-se na construção do plano narrativo, empresta ao apontamento biográfico o alento que move as "experiências" em seu plano mais profundo. Adivinha-se, por exemplo, a decepção que teria resultado do desencontro com Fernando Pessoa, poeta sobre o qual Cecília teria sido "efetivamente o primeiro escritor brasileiro a escrever — e com admirável penetração", nas palavras de Arnaldo Saraiva. Sente-se, também, o quanto poderá ser esclarecedor para a compreensão do universo ceciliano o exame mais atento da ampla epistolografia da poeta.

Essa relação bem tramada entre uma rica e até então inexplorada matéria de pesquisa e um cauteloso vezo interpretativo dá o tom, creio, ao conjunto destes estudos. No centro deles, sempre a poeta de Viagem; em torno, um sem-número de intelectuais e artistas brasileiros e portugueses, a tecerem uma malha cultural a que se prendem temperamentos, valores e inclinações os mais diversos — referências desde já obrigatórias para quem pretenda investigar (nunca deixando de considerar as inúmeras notas de rodapé) os laços possíveis entre as duas literaturas, aqui nucleados na presença atuante de Cecília. Será útil ao leitor ir conhecendo, entre nomes mais familiares ou desconhecidos, a força dessas relações, que se foi imprimindo no espírito de nossa poeta, bem como a da impressão que ela foi deixando entre os amigos portugueses.

Cecília em Portugal está, pois, apresentando-nos uma face desconhecida de uma poeta que só de alguns anos para cá vem merecendo maior atenção da platéia acadêmica brasileira — atenção que este "ensaio biográfico" certamente está ajudando a construir, e de modo incisivo. Ressalta nele um talvez primeiro vínculo entre a força da personalidade da mulher, intelectual ativa e empreendedora, e a de sua lírica, muito facilitadamente interpretada como uma realização distante de quaisquer "experiências". Sobre este vínculo gostaria de me estender, aproveitando ao meu modo as sugestões deste ensaio.

II

Leila teve o cuidado de registrar, sempre discretamente, repercussões de certos fatos em certos versos, "circunstâncias" nem sempre sensíveis a uma primeira escuta, e que deram em poemas, ou que ressoam em alguns deles. Mais do que circunstâncias, porém, e sempre no embalo deste ensaio, o leitor de Cecília poderá ir reconhecendo, como eixo mesmo de sua poesia, o modo das traduções simbólicas das vivências — aquilo que a própria poeta já considerou como "transfigurações" de seus "gritos". Interessou *à pesquisadora integrar sua dupla admiração pela poesia da artista e pela personalidade da mulher e da intelectual num mesmo intento compreensivo.* Começando por este recorte biográfico, buscando refazer *em expedição própria alguns caminhos de Cecília, Leila está a instigar no público da poesia a justa reavaliação de uma lírica cujo peso a crítica especializada ainda não considerou devidamente. E por que não o teria feito? Quero aventar algumas hipóteses.*

Em primeiro lugar, pelos critérios de apreciação que derivaram do próprio Modernismo, tanto no momento de sua implantação quanto nos que lhe seguiram, em gerações sucessivas. Cecília não se encantou com o *humor crítico de Oswald e não empunhou missionariamente as bandeiras estéticas de Mário; também não incorporou o espírito de alguma vanguarda européia. Em caminho próprio, e sem descartar inteiramente as possibilidades do verso livre (vejam-se, por exemplo em* Viagem, *entre tantos outros, poemas como "Estirpe", "Aceitação" e "Gargalhada"), encontrou no princípio geral da* forma simétrica *e* equilibrada *o modo lírico de representar não as rupturas, mas as permanências. Criando para o sentido mesmo do efêmero a solidez de uma estrutura de feição clássica e despojada, na qual se articulam seus símbolos mais intensos, Cecília afrontou o gosto e o espírito da modernidade mais ostensiva, representados, por exemplo, pela funda absorção do gesto cotidiano de Bandeira, ou pelo* gauchismo *trágico e irônico de Drummond.*

Em segundo lugar, pela dificuldade que a lírica profunda sempre representa, quando nada concede à roupagem da moda. À falta de uma clara definição dos elementos temporais ou espaciais que lhe sejam imediatamente familiares, muito leitor crítico se esquiva da tarefa mais difícil de encontrar o que é essencialmente histórico *da lírica nela mesma, em estado de problema, para muito além da auto-apresentação dos temas ou do nível dos procedimentos aparentes.*

Em terceiro lugar, porque em geral vimos paulatinamente desacreditando da consistência própria e resistente do espírito, rebaixado, pelas mais diferentes razões, a um nível de impossibilidade histórica e heresia política. É certo que também na lírica ceciliana a negatividade é ampla e mina a humaine condition, *mas nunca deixando de incorporar o encantamento dos ritmos, a expressão dos timbres, a ordem dos paralelismos, a sublimidade dos símbolos, o plano das reflexões morais — o que, em última instância, se traduz como plena afirmação de um* cantar. *Canções assim essenciais, vocacionadas para a permanência, podem soar como simples bravatas do espírito para quem já o perdeu ou o dispensou.*

A elegância pessoal de Cecília, sua ética não-concessiva, a dignidade de quem se aproxima sem preconceito (mas com firmeza de gosto e de juízo) das mais diferentes pessoas e culturas são qualidades que, despontando tão sugestivamente neste estudo de Leila, ajudam a reconhecer equivalências de elegância, de ética e de dignidade na linguagem de sua poesia. Em vez de traduzir o impacto imediato das ocorrências ou dos tumultuários estados de espírito, a poética ceciliana prefere reservar-lhes o estatuto de uma ordem possível, em tudo dependente da ação do espírito e da mediação construtiva dos símbolos. Mares, rosas, sonhos, navios, espelhos, pássaros, nuvens, tudo pode alçar-se (sem por isso fazer-se fragmentário) às múltiplas correspondências, quando o desejo de unidade, embora precário e com marca melancólica, é um critério lírico definitivo e essencial, em seu nível de idealismo. Em plena modernidade, esse critério preserva a "extravagância" de uma natureza poética ainda mística e espiritual — nessa medida, "intemporal". Tal critério, por muitos chancelado como "abstrato" ou "evanescente", guarda uma propriedade histórica que pede alta interpretação.

Reavaliar a poesia de Cecília supõe a (re)abertura do espírito a si mesmo. Quem pode negar a dificuldade de tal empreitada, sobretudo quando a força mais grosseiramente material do imediato, do informacional e do visual, diagramados em todos os espaços públicos e privados, pretende substituir a voz íntima, a fala insubstituível (e por isso mesmo comungável) do canto lírico? No entanto, é sobretudo quando o lirismo parece não apenas extemporâneo, mas impertinente, e já vai sendo dado como morto, que a desconfiança do tamanho da perda pode passar a trabalhar na re-constituição daquele. Se algo de essencial não estivesse sempre retornando, não haveria como falar da dialética mesma da cultura e da arte.

III

Comprometido com esta "hora de desvendar Cecília" — compromisso assumido em caráter de urgência cultural, e não de desagravo idiossincrático —, o ensaio biográfico de Leila traz, a meu ver, pelo menos duas implicações imediatas.

A primeira, e mais geral, repropõe a importância do elemento biográfico (sempre um alvo fácil para o mais tolo fetichismo do "texto") na perspectiva e na órbita da representação artística, vinculando personalidade e persona, experiência vital e símbolo, história pessoal e história social. É uma maneira, creio, de também retirar de seu posto puramente funcional o famigerado "receptor" da linguagem, acentuando a condição de um leitor de carne e osso, sujeito histórico nessa medida.

A segunda: a ensaísta já nos arma para com ela continuar a reconhecer, tanto na vida como na obra, aquela "Cecília humanista e pacifista", perseguindo a bela dialética entre a ação positiva da mulher e da intelectual e o recolhimento lírico mais ensombrado, no qual declinam-se e declinam altivamente (paradoxo ceciliano?) as aspirações essenciais.

Enfim, se o elemento biográfico não é nunca "esclarecimento" da arte (que aliás, a rigor, jamais se "esclarece", propriamente), será, sempre, a base sensível dos critérios de transfiguração — aquela parte que se entende com o que há de mais material nas operações simbólicas. Sente-se, por exemplo, que colocar o sonho num navio não foi, para a poeta de Viagem, *uma simples metáfora acidental; partir em busca das origens ancestrais, da identidade cultural e do reconhecimento do próprio espírito é movimento real e simbólico em Cecília. Nesse sentido, refazer as viagens cecilianas traduziu-se, para a leitora Leila, como empreendimento que lhe exigiu um duplo passaporte: o primeiro já foi utilizado com este ensaio e possibilitou, para ela e para nós, um esclarecedor encontro em Portugal; com o segundo, a ensaísta saberá dar expressão ao encontro que essencialmente ela já realizou, por via da sensibilização compreensiva.*

CECÍLIA EM PORTUGAL

APRESENTAÇÃO

Cecília em Portugal (que também acertadamente poderia receber o título *Portugal em Cecília*) deve ser considerado tão-somente um recorte cultural e geográfico, um *capítulo,* de uma das mais férteis e extraordinárias biografias intelectuais brasileiras do século XX. Além da obra poética (um acervo de quase trinta livros, muitos dos quais enfeixam reconhecidamente algumas das obras-primas da lírica em língua portuguesa), as dimensões do legado completo de Cecília Meireles (1901-64) só recentemente começam a ser avaliadas, graças à publicação do conjunto orgânico de sua obra em prosa (crônicas, ensaios, conferências, estudos sobre literatura, educação, arte popular e folclore, peças de teatro), numa coleção projetada pelo organizador de seu plano editorial, o camonista brasileiro Leodegário A. de Azevedo Filho, em 23 volumes. Projeto que ainda não inclui a vasta epistolografia da poeta de *Mar absoluto,* nem engloba seus trabalhos de tradução de autores da literatura ocidental e oriental, entre os quais os chineses Li Po e Tu Fu, o indiano Rabindranath Tagore ou antologias de poetas israelenses e de contos de *As mil e uma noites.* Ainda recentemente, um trabalho acadêmico também recuperou o corajoso engajamento da escritora em prol de uma revolução educacional no Brasil, configurada no projeto da Escola Nova, no período que antecedeu e sucedeu à Revolução de 1930.[1]

Acercar-se dessa, ao mesmo tempo, múltipla e singular biografia pelo recorte lusíada mostra-se particularmente significativo. Portugal, de fato, representa uma das faces mais identificáveis da vida e da obra do talvez mais universalista dos grandes poetas brasileiros modernos.[2] Universalismo que transparece, do ponto de vista temático, explicitamente em obras como *Doze noturnos da Holanda, Poemas escritos na Índia, Poemas italianos,*

---

1) LAMEGO, Valéria. *A farpa na lira.* Rio de Janeiro, Record, 1996.
2) Como Otto Maria Carpeaux, João Gaspar Simões recusava-se a qualificar a escritora brasileira de "poetisa". "Não. A autora de *Retrato natural* é um poeta, um dos maiores poetas de língua portuguesa de todos os tempos." In *Literatura, literatura, literatura...* Lisboa, Portugália, 1964, p. 351.

Poemas de viagem ou, ainda, nos três volumes das *Crônicas de viagem* já publicados. Entre as muitas vertentes desse olhar universal, Cecília Meireles foi também um dos primeiros escritores brasileiros a aproximar-se, ainda nas décadas de 20 e de 30, da literatura hispano-americana, da qual traduziu poemas, e a cultivar diálogo com seus autores, a começar pelo mexicano Alfonso Reyes e a chilena Gabriela Mistral.[3]

Mas a marca lusíada tem especial relevância na vida e na obra cecilianas. Primeiro, enquanto uma das fontes de seu lirismo — e o ensaio "Cecília, a dos olhos verdes", de Nádia Battella Gotlib, ao inventariar o aproveitamento, em toda uma série de poemas, dos motivos trovadorescos medievais e os aspectos de glosa e de intertextualidade com as cantigas de amor e de amigo desde d. Dinis, é particularmente iluminador a esse respeito.[4] "Cecília, só ela," acercou-se da "nossa poesia primitiva e do nosso lirismo espontâneo", também notou o crítico português Nuno de Sampaio.[5] É preciso assinalar, contudo, que a opção pelo canto essencial não abafou gritos da voz poética ante os descalabros dos tempos, como se vê não apenas na obra em prosa como também em sua lírica de guerra[6] — que encerra ao menos duas obras-primas da língua, o "Lamento do oficial por seu cavalo morto", de *Mar absoluto,* e *Pistóia, cemitério militar brasileiro* — ou no monumental *Romanceiro da Inconfidência,* voltado para uma temática estrita da história nacional, em que muitos dos poemas podem suportar uma leitura alegórica do Brasil de hoje.

A marca lusíada também comparece na trajetória biográfica propriamente dita, desde a ascendência açoriana. Sua mãe, que viria a ser uma das primeiras professoras formadas no Brasil, era criança de colo quando deixou a Ilha de São Miguel; e, quando da morte prematura desta, Cecília, como se sabe, foi entregue à tutela da avó micaelense, d. Jacinta Garcia Benevides, que "cantava rimances" e "falava como Camões". Já em 1922, com vinte anos, a escritora casava-se, no Rio, com o artista português Fernando Correia Dias, que fora capista da revista *A Águia* — em que Fernando Pessoa estreou

---

3) Ver, entre outros, de James Willis Robb, "Alfonso Reyes y Cecília Meireles: una amistad mexicano-brasileña", in *Revista de Cultura Brasileña*, n. 52. Madri, Embaixada do Brasil, nov. 1981.

4) In GARCEZ, Maria Helena e RODRIGUES, Rodrigo Leal (orgs.). *O mestre.* São Paulo, Green Forest do Brasil, 1997, pp. 440-458.

5) Transcrito em: MEIRELES, Cecília. Fortuna crítica, in *Poesia completa.* Rio de Janeiro, Nova Aguilar, 1994, p. 63.

6) Estudada na tese de doutorado *Três poetas brasileiros e a Segunda Guerra Mundial: Carlos Drummond de Andrade, Cecília Meireles e Murilo Mendes,* de Murilo Marcondes de Moura, defendida em 1998 na USP sob orientação do crítico Davi Arrigucci Jr.

como articulista, em 1912 — e co-fundador, com o poeta Afonso Duarte, de *Rajada,* que incluía Almada Negreiros entre seus colaboradores.

Motivos como esses contribuíram por certo para evitar que Cecília Meireles, conquanto cultivando contatos, desde muito jovem, com múltiplas tradições e culturas, embarcasse alguma vez na nave da "lusofobia" detectada por Arnaldo Saraiva em algumas águas do modernismo brasileiro. Mas efetivamente essa nave chegou a zarpar? Afinal, como também mostra Saraiva em *O modernismo brasileiro e o modernismo português,* a malha de afinidades eletivas entre escritores dos dois lados do Atlântico foi tecida mesmo durante os "anos heróicos" de nosso modernismo. Mário de Andrade, por exemplo, manteve alentada correspondência, iniciada com troca de livros em 1923 e ampliada nos anos 30, com o ensaísta lusíada José Osório de Oliveira, grande divulgador dos modernistas brasileiros; enquanto Oswald de Andrade aproximara-se antes do dramaturgo Antonio Ferro, quando este visitou o Brasil, em 1922, e depois também na França e em Portugal, em passagens como a de 1939. Saraiva chega a analisar um caso de intertextualidade entre Oswald e Ferro.[7]

Por sua vez, graças provavelmente a Fernando Correia Dias, que continuou recebendo publicações portuguesas depois de ter-se radicado no Rio de Janeiro, a poeta de *Viagem* teve acesso precoce à produção do modernismo português — e, já em sua tese *O espírito vitorioso,* editada em 1929, transcrevia trechos da "Ode triunfal" de Fernando Pessoa, na pele de Álvaro de Campos.[8] Talvez seja mesmo possível identificar uma "fase pessoana" na obra de Cecília, apesar de diferenças fundamentais na concepção de lirismo dos dois poetas.

Pelos anos 40 e 50, depois da temporada de certa influência de Ribeiro Couto, eram Cecília Meireles e Manuel Bandeira os poetas brasileiros mais lidos e amados pelos portugueses.[9] Também nesse período, a autora de *Solombra,* dona de um estilo inconfundível, emergiu como um dos escritores brasileiros que mais influenciaram poetas em Portugal, conforme se reconhece. Foi ainda a época de auge da recepção crítica a seus livros nas revistas lusíadas, onde com freqüência foi comparada a alguns dos principais nomes da poesia moderna do Ocidente, como Rilke, Yeats, Pessoa ou Supervielle.

É possível identificar ao menos três momentos de ênfase na presença de

---

7) SARAIVA, Arnaldo. *O modernismo brasileiro e o modernismo português.* 3 v. Porto, s.ed., 1986.

8) MEIRELES, Cecília. *O espírito vitorioso.* Rio de Janeiro, Anuário do Brasil, 1929, pp. 119-120.

9) Cf., entre outros, de Maria Alíete Galhoz, "Aproximação a *Cânticos* de Cecília Meireles", in *Nova Renascença,* n. 44. Lisboa, inverno 1992, p. 34.

Cecília Meireles em Portugal. O primeiro, na viagem que fez, para realizar conferências a convite da escritora Fernanda de Castro (mulher de Ferro e amiga de outros artistas brasileiros, como Tarsila do Amaral), em 1934 — época em que o novo regime político ainda constituía uma incógnita mesmo para os portugueses. Na verdade, os convites vinham desde 1930. Mas a poeta, submersa na trincheira da revolução educacional no Brasil, só pôde atendê-lo depois de encerrado o longo período de trabalho diário na imprensa carioca. Segundo os relatos ouvidos tempos depois pelo então jovem estudante (que viria a ser o grande ensaísta de *Labirinto da saudade*) Eduardo Lourenço, Cecília deixou "um rastro de deslumbramento" nessa passagem, a partir principalmente das conferências que fez em Lisboa e Coimbra.[10] Em uma delas, "Notícia da poesia brasileira", ela apresentou, em caráter pioneiro, a poesia dos principais modernistas brasileiros. Nessa temporada, a poeta carioca, dona também de invulgar beleza física e de uma "personalidade cintilante", e dotada de excepcional autonomia intelectual, segundo algumas rememorações, plantou algumas das amizades que cultivaria até o fim da vida, alimentadas por alentada correspondência. A muitos desses amigos portugueses, e a outros que conheceu em novas temporadas ou no Brasil, dedicou poemas ao longo de sua obra.

O segundo momento emergiu quando seu primeiro livro de maturidade, *Viagem* — com o qual, segundo Mário de Andrade, ingressou no patamar dos maiores poetas brasileiros,[11] até então um território exclusivamente masculino —, e que seria dedicado aos "amigos portugueses", foi publicado em 1939, em Lisboa. Quase simultaneamente com a edição em capítulos, na revista *Ocidente,* de suas memórias de infância, *Olhinhos de gato,* que sairiam no Brasil apenas em edição póstuma.

O terceiro sucedeu à edição, em 1944, no Rio, da antologia *Poetas novos de Portugal,* que a escritora organizou e prefaciou, revelando no Brasil, e até certo ponto mesmo no Portugal salazarista (onde o livro também circulou), a produção do modernismo lusíada — a começar pela de Fernando Pessoa e a de Sá Carneiro —, e ainda a de poetas como Adolfo Casais Monteiro, Jorge de Sena, Miguel Torga, Irene Lisboa ou José Régio, num total de 34 autores. Produção na época mal-vista pela ditadura de Salazar. "A antologia foi a primeira consagração, com um olhar de fora, da poesia modernista portuguesa, e por meio dela tomei conhecimento também da poesia de Pessoa, que naquela época ainda era quase desconhecido mesmo em Portugal",

---

10) Em conversa com esta autora em São Paulo, 2.5.2000.
11) ANDRADE, Mário de. "Viagem", in *O empalhador de passarinho*. 3. ed. São Paulo, Martins; Brasília, INL, 1972, p. 164.

observou Eduardo Lourenço.[12] Um dos incluídos nessa antologia, o poeta açoriano Armando Cortes-Rodrigues (que fora amigo de Fernando Pessoa e colaborador da célebre revista *Orpheu),* viria a se tornar o talvez maior interlocutor epistolar da poeta brasileira.

A presença da autora de *Amor em Leonoreta* na terra de Camões prosseguiu com a publicação de seus poemas em revistas como *Presença* (porta-voz do chamado "segundo modernismo" lusíada, na qual, além de portugueses como Pessoa, também colaboraram Mário de Andrade e Manuel Bandeira); *Revista de Portugal* (que também publicou Jorge Amado e Bandeira); *Pensamento* (esta, de tendência socialista); *Távola Redonda* (que ainda incluiu poemas de Bandeira e Jorge de Lima); *Primeiro de Janeiro; Lusíada; Ocidente; Mundo Português* (que em 1935 publicaria seus desenhos em torno do folclore afro-brasileiro e a conferência *Batuque, samba e macumba);* além da luso-brasileira *Atlântico* (onde também colaboraram Clarice Lispector, Murilo Mendes e Drummond). Esta última, na sexta edição de sua segunda série, publicou a prosa poética ceciliana, vagamente surrealista, "Evocação lírica de Lisboa", com ilustrações da pintora Maria Helena Vieira da Silva, próxima amiga da escritora brasileira em seus anos de exílio no Rio de Janeiro. Texto que seria classificado pelo ensaísta José Osório de Oliveira como talvez "a mais bela de toda a prosa inspirada pela cidade tágide".[13]

A lírica carioca ainda continuou presente na terra lusíada mediante a alentada fortuna crítica de sua obra acumulada do outro lado do Atlântico, assinada por nomes como Adolfo Casais Monteiro, João Gaspar Simões, José Osório de Oliveira, Carlos Queiroz, Vitorino Nemésio, Jorge de Sena, Nuno de Sampaio, João de Barros, José Régio (este, numa breve apresentação em *Presença,* que suscitaria, no Brasil, a atenção de Manuel Bandeira), Sophia de Mello Breyner, David Mourão-Ferreira (que publicou uma sensível antologia da poesia ceciliana),[14] Natércia Freire, entre dezenas de outros. Depois da morte da poeta, em 1964, é preciso destacar os ensaios "Compreensão portuguesa de Cecília Meireles", de Fernando Cristóvão,[15] e "Um certo barroco em Cecília Meireles", de Maria Alíete Galhoz[16], além da tese de doutorado *Uma poética do eterno instante*, defendida em 1993 pela professora açoriana Margarida Maia Gouveia.

Em um de seus belos ensaios, Jorge de Sena comentou sobre "a

---

12) Cf. nota 10.
13) In *Atlântico,* n. 5. Lisboa, 1947, p. 120.
14) MEIRELES, Cecília. *Antologia poética.* Francisco da Cunha Leão e David Mourão-Ferreira (orgs.). Lisboa, Guimarães, 1968.
15) In *Colóquio Letras,* n. 46. Lisboa, nov. 1978, pp. 20-27.
16) In *Colóquio,* n. 32. Lisboa, fev. 1965, pp. 35-37.

influência" e "o prestígio" de que Cecília "gozou em Portugal, onde foi sempre equiparada a grandes nomes, como Pessoa ou Rilke, quando talvez o Brasil não reconhecesse todo, nela, o grande poeta que tinha". Em outro texto, Sena assim definiu a autora do *Romanceiro da Inconfidência*: "uma das pessoas mais extraordinárias que jamais conheci, e um dos maiores poetas que podereis ler".[17]

Esta apresentação, contudo, visa apenas situar brevemente a narrativa, que aqui se segue, de algumas das presenças cecilianas em Portugal, as quais procurei reconstituir a partir de pesquisa em múltiplos acervos portugueses (da Ilha de São Miguel, inclusive) e brasileiros, da conversa com algumas pessoas que a encontraram ou a estudaram e também da revisita a alguns dos principais itinerários lusíadas da poeta. Em alguns (poucos) momentos, em geral assinalados em notas de rodapé, recorri à ficção como meio de soldar o tecido documental ali onde ele se esgarçava. Minha expectativa é a de que o trabalho permita ao leitor encontrar (ou reencontrar), também pela terra de Camões, Antero e Pessoa, o poeta, a intelectual e a mulher igualmente raros que o Brasil pôde um dia abrigar.

* * *

Este livro deve sua realização, em primeiro lugar, à bolsa de investigação em literatura que recebi, em 1998, do Centro Nacional de Cultura de Portugal.

É tributário também da colaboração de inúmeras pessoas e instituições, entre as quais eu não poderia deixar de aqui mencionar os nomes de José Carlos de Vasconcelos (e *Jornal de Letras),* Museu Carlos Machado e Instituto Cultural de Ponta Delgada, Centro de Arte Moderna da Fundação Calouste Gulbenkian, Biblioteca Nacional de Lisboa, Biblioteca Municipal do Porto, Biblioteca Geral da Universidade de Coimbra, Instituto de Estudos Brasileiros da Universidade de São Paulo, Mafalda Ferro, Maria Ernestina Cortes-Rodrigues Pereira Bica, padre Armando dos Santos Ribeiro (de Moledo da Penajóia), Maria da Saudade Cortesão, Luis Amaro, Mécia de Sena, Pedro da Silveira, Leonor Xavier, e dos professores e críticos Fernando Cristóvão, Margarida Maia Gouveia, Eduardo Lourenço, Fernando Martinho, Óscar Lopes, Isabel Cadete, Ivo Castro, Eduíno Muniz de Jesus, Machado Pires, Urbano Bittencourt, José de Almeida Pavão, Maria Alíete Galhoz, Teresa Martins Marques, Nádia Battella Gotlib, Telê Ancona Lopez, Massaud Moisés, João Alves das Neves, Nelly Novaes Coelho e Leodegário A. de Azevedo Filho.

---

17) In *Estudos de cultura e literatura brasileiras*. Lisboa, Edições 70, 1988, pp. 32 e 35.

Agradeço especialmente à família de Cecília Meireles pela autorização à transcrição de excertos de poemas e outros textos da escritora ao longo deste livro — a Maria Fernanda, em particular.

[As transcrições de fragmentos de poemas de Cecília Meireles ao longo deste trabalho fundamentam-se nas edições Obra poética *(Rio de Janeiro, Nova Aguilar, 1958) e* Poesia completa *(Rio de Janeiro, Nova Aguilar, 4. ed., 1994*.) da escritora.]*

---

*) Apesar de lamentáveis erros de revisão nesta última.

A VIAGEM

A festa se prolongara e seria sorte ainda alcançar o último comboio rumo ao Estoril. O táxi acelerou a marcha. A gare do Sodré quase deserta, foi o tempo de acomodarem-se no vagão já em movimento. Logo ela deu pela falta do casaco verde. Era certo ter saído com ele no braço... Mas nem houve tempo de esforçar a memória. Um automóvel emparelha-se ao vagão, e o motorista atira-lhes pela janela a peça de seda. "Era o chofer do táxi", diz Fernando. Em vinte e cinco minutos estariam no hotel. Pena estarem hospedados tão longe de Lisboa.

Só faltavam cinco dias até a viagem rumo ao Norte. Porto, Lamego, Viseu. E Moledo da Penajóia. Ali, na casa da família de Fernando, à margem do rio Douro, teria de escrever as conferências. Seriam duas ou três? Enfim, pensava, lá estariam sossegados por alguns dias. Desde que o navio atracara no cais de Alcântara, naquela enevoada manhã de outono, Cecília e Fernando haviam mergulhado numa sucessão de festas, conferências, jantares, chás. Era "quase de perder os sentidos". Paisagens, lugares e pessoas demandando toda a atenção, absorvendo-lhes sedutoramente quase todo o tempo.

E Lisboa... Os amigos. Os bairros anteriores ao terremoto — a Mouraria, Alfama. Os Jerônimos, com o túmulo de Camões, "magnífico e eterno para quem foi tão infeliz e miserável", e aos seus pés, comovedoramente, descansando o escravo Jao "como um cão deitado e imóvel e fiel aos pés do dono". A Torre de Belém... E a parte reedificada da cidade, com as fachadas pombalinas, também agradáveis de se ver. E o Chiado, a rua Garrett, com os cafés e as confeitarias com aqueles inacreditáveis doces de ovos... O único senão eram as pedrinhas do calçamento, que lhe martirizavam os pés.

No dia seguinte, encontro com os amigos, almoço no Círculo Eça de Queiroz e chá em casa de Osório. Para poucas pessoas, ele garantira. Entre elas, o escultor Diogo de Macedo, que estudara com Rodin em Paris e havia modelado poetas como Antero e Florbela. Fernanda de Castro prometera ler poemas novos. E ainda faltava percorrer novos alfarrábios e livrarias...

Refletindo a roupa de seda verde, os olhos dela iam passando da cor

*do Tejo à do mar, das vinhas... Decididamente, aquele comboio tinha
"voz de borracha".*[1]

* * *

"Acordas num lugar de brumas: brumas azuis e cor-de-rosa.
Não tens certeza do céu, mas sentes em redor de ti um arejado bocejo
de água. Dizem-te: LISBOA. (...) Percebes à beira do rio aquele caramujo
enrodilhado, que vai ficando cintilante, poliédrico, de ouro, de vidro, de
límpido e úmido azulejo. (...)"[2]

Cecília Meireles, "Evocação lírica de Lisboa"

Era 12 de outubro de 1934 quando o Cuyabá, navio do Lloyd Brasileiro,
atracou no cais de Alcântara. Foram, desde o Rio de Janeiro, 22 dias de mar.
A primeira grande viagem. Sucessivamente adiada, não apenas pelas
crianças, mas devido ao mergulho corajoso, absoluto, nos assuntos de
educação. Depois de ter participado das comissões responsáveis pelas
reformas educacionais no Brasil, haviam sido quase três anos de edição
diária de uma página sobre o assunto no *Diário de Notícias* do Rio, apesar
do "horror" pelo jornalismo. Embate muitas vezes áspero pela
implementação, especialmente após a Revolução de 30, das reformas do
ensino segundo o projeto moderno e democrático da Escola Nova,
arquitetado pelos educadores Anísio Teixeira e Fernando de Azevedo. Em
1932, fora uma das signatárias do Manifesto dos Pioneiros da Educação
Nova, que sintetizava essas propostas. Era esse o caminho de
"melhoramento do homem brasileiro", disso tinha certeza. A hora era
aquela. Até a poesia ficara um pouco de lado. A perspectiva de um salto
histórico na qualificação da sociedade brasileira valia o sacrifício. "É
preciso salvar o Brasil, mas sorrindo", contudo, ressalvava.[3]

Fazia tempo Fernanda de Castro vinha reiterando convites para a visita.

---

1) Cena reconstituída a partir de entrevista de Cecília Meireles à revista *Festa*, n. 7, mar.
1935, e de cartas dela ao educador Fernando de Azevedo, depositadas no Instituto
de Estudos Brasileiros da Universidade de São Paulo (IEB/USP).
2) MEIRELES,Cecília. "Evocação lírica de Lisboa", in *Atlântico*, n. 6, 1948. Texto
hoje inserido em *Crônicas de viagem-1*. Rio de Janeiro, Nova Fronteira, 1998, pp.
231-238.
3) In carta de Cecília Meireles ao educador Fernando de Azevedo, 10 out. 1933, IEB/
USP. Sobre a participação da escritora no projeto da nova educação, ver, de Valéria
Lamego, *A farpa na lira - Cecília Meireles na Revolução de 30*. Rio de Janeiro,
Record, 1996.

Desde que Antonio Ferro, marido dela, assumira a direção do Secretariado de Propaganda Nacional de Portugal, com seu currículo de escritor, amigo dos artistas e ex-*enfant terrible* do Modernismo português (primeiro, ao lado de Fernando Pessoa, em *Orpheu,* onde figurava como editor da revista; depois, em 1922, no Brasil, na pele de "agitador", segundo afirmava Oswald de Andrade) —, desde então o convite transformara-se em intimação.

> "Tenho uma amiga esperando-me no Estoril. É a poetisa Fernanda de Castro. (...) Uma criatura encantadora, (...) com o mesmo tóxico que eu tenho no sangue do espírito: deslumbramento pela selva e pelo oceano, loucura pelo sol (...), fome do infinito (...)".[4]

Como Cecília Meireles deve ter lamentado não ter conhecido Fernanda e Ferro quando estiveram no Brasil, em 1922. Soubera de boa parte de suas aventuras. Depois do casamento, por procuração — ela em Portugal, ele no Rio, tendo o almirante Gago Coutinho por testemunha —, Fernanda desembarcou no Brasil para acompanhar o marido em seu périplo para a encenação da peça dele, *Mar alto,* considerada revolucionária para a época. Quando o navio em que Fernanda viajava parou no Recife, subiu a bordo, também com destino ao Rio de Janeiro, um jovem poeta que muito se destacaria no Modernismo brasileiro: Raul Bopp.[5]

Fernanda e Ferro participaram em São Paulo de eventos ainda ligados à Semana de Arte Moderna. Ela, lendo poemas de sua autoria e de Ferro, além de outros poetas. Ele, que colaboraria no terceiro número da revista modernista *Klaxon,* lendo suas conferências "A idade do jazz-band" — nesta, seria apresentado em São Paulo por Guilherme de Almeida —[6] ou "A arte de bem morrer". Fernanda foi retratada pelas maiores pintoras do Modernismo brasileiro: Anita Malfatti e Tarsila do Amaral. Conheceram os dois Andrade (Mário e Oswald), saíram pelo interior, foram a Minas, onde estiveram com o terceiro (Carlos Drummond), que escreveria uma crônica sobre Ferro[7]. Depois Bahia e Pernambuco. Permaneceram no Brasil até maio de 1923. Fernanda gostava de lembrar a viagem ferroviária que ela e o marido fizeram com Oswald entre o Rio e São Paulo. Quando o comboio

---

4) Carta de Cecília Meireles a Fernando de Azevedo, 16 ago. 1934, IEB/USP.
5) Cf. SARAIVA, Arnaldo. *O modernismo brasileiro e o modernismo português.* Porto, s.ed. 1986; e informações da família Castro Ferro à autora, em Lisboa, julho-agosto de 1998.
6) Cf. NEVES, João Alves das. *O movimento futurista em Portugal.* 2. ed. Lisboa, Dinalivro, s.d., pp. 184-185.
7) "A alma tumultuosa de Antonio Ferro". In *Diário de Minas*, Belo Horizonte, 8 fev. 1923. Apud SARAIVA, Arnaldo, op cit., v. Documentos dispersos, pp. 73-76.

teve de parar devido a um problema, o líder do movimento antropofágico passou a assustá-la com a alegada existência de aborígenes devoradores de gente pelas proximidades. E como ele se ria, Fernanda lembrava. Ficaram todos muito amigos. Taxativo, Oswald dizia: "É preciso chamar Antonio Ferro de gênio".[8]

Mas, na época, Cecília e Fernanda sequer se cruzaram. Afinal, em 1922, a própria Cecília também estava casando-se, no Rio, com o artista plástico português Fernando Correia Dias, radicado no Brasil desde 1914. Embora com apenas vinte anos, as duas escreviam poemas e já tinham livros publicados. A correspondência apenas começaria em 1930. Quatro anos depois, surgiu formalmente a "intimação". Antonio Ferro "tinha o direito, o dever, de convidar os intelectuais mais válidos de cada país amigo. Cecília, além de minha amiga, [era] um grande poeta e foi com a maior alegria que soube que [ela] e o (...) marido, o pintor português Correia Dias, tinham aceitado", lembraria Fernanda de Castro, décadas depois.[9] François Mauriac, Luigi Pirandello e Maurice Maeterlinck seriam alguns dos outros escritores que Fernanda e Ferro levariam ao Portugal dos anos 30.[10]

Afora o convite oficial para a realização de conferências, feito por intermédio de Fernanda, a primeira grande viagem seria realizada em cumprimento também de outras duas missões: uma de caráter jornalístico — acertara-se o envio de crônicas, com ilustrações de Fernando Correia Dias, aos jornais *A Nação*, do Rio, e *A Gazeta*, de São Paulo. A outra era de natureza afetiva: fazia, na altura, exatos vinte anos que Fernando Correia Dias emigrara. Era mais do que hora de matar a saudade de sua terra e de sua gente. Terra que também era dos antepassados mais próximos dela.

> "Vá juntando os poetas que encontrar por aí (...). Precisamos de um programa compacto: política, literatura, pensamento, arte, pedagogia, paisagem e gente. Gente!"[11]

escrevera Cecília ao já velho amigo José Osório de Oliveira, o conhecido crítico e ensaísta português, divulgador do Modernismo brasileiro, um mês e meio antes de partir.

Mas antes era preciso inaugurar, no Rio, o Centro de Cultura Infantil do

---

8) SARAIVA. Op. cit., v. 1, p. 270.
9) CASTRO, Fernanda de. *Cartas para além do tempo*. Odivelas, Europress, 1990, p. 44.
10) BRÉCHON, Robert. *Estranho estrangeiro*. Lisboa, Quetzal Editores, 1996, pp. 556-557.
11) Carta de Cecília Meireles a José Osório de Oliveira, 4 ago. 1934. Biblioteca Nacional de Lisboa.

Distrito Federal, no chamado Pavilhão Mourisco, com os prováveis primeiros centro de artes e biblioteca para crianças instalados no Brasil. Num salto da teoria e das idéias para a prática, chegara a hora de concretizar tudo o que ela defendera na parte inicial de sua tese *O espírito vitorioso,* de 1929, e, depois, durante quase três anos em sua *Página de Educação.* Hora de pôr em prática, afinal, o pensamento exposto nos mais de oitocentos comentários escritos para aquela página — a começar, com a ajuda de Fernando Correia Dias, pelo casamento de arte e educação. Os preparativos da viagem acabaram antecipando a festa de abertura, afinal realizada em 15 de agosto, no edifício em frente ao mar, numa tarde translúcida do ameno inverno carioca.

"O Pavilhão Mourisco passou a ser o meu divertimento predileto, pois, além do salão de leitura e biblioteca, tinha um setor de modelagem, pintura, desenho, um de brinquedos e jogos (...) e uma sessãozinha de cinema toda quinta-feira", lembraria décadas depois o poeta e tradutor Geir Campos, que freqüentou o centro em seus tempos de ginasiano. Ali ele teve acesso a livros de Monteiro Lobato, Júlio Verne, Dumas, Grimm, Andersen e Perrault, que o deixavam "maravilhado". "Também me lembro de que qualquer dificuldade pedagógica ou disciplinar era comunicada a dona Cecília, uma professora morena e alta, de sorriso para quase tudo, que tudo resolvia e ordenava", recordaria o escritor.[12]

Naquela viagem, Cecília e Fernando planejavam percorrer, em pouco mais de um mês, Portugal, Espanha e França. Mas foram tantos os convites e regalias, tão calorosas as novas amizades brotadas em Lisboa (muitas delas figurariam entre as mais sólidas e ricas da vida da poeta), tão extensa a agenda de conferências, debates e programações culturais, que o casal acabou permanecendo quase dois meses e meio só em Portugal. O embarque de volta ao Brasil aconteceria em 21 de dezembro.

> "(...) os amigos daqui tudo fazem para eu me esquecer de que estou em terra estranha. (...) um ambiente de emoção em redor de mim se formou."[13]

À chegada, esperavam o casal de artistas no cais o crítico José Osório de Oliveira, o ilustrador Pedro Bordallo Pinheiro, Simão Coelho Filho e o crítico de arte Guilherme Pereira de Carvalho. A primeira refeição em solo lusitano foi no café Nicolau, um dos refúgios lisboetas de Bocage.

---

12) CAMPOS, Geir. "Meu encontro com Cecília", in *Diário de Notícias,* Rio de Janeiro, 15 nov. 1964.
13) Cartas de Cecília Meireles a Fernando de Azevedo, 6 nov. 1934 e 28 jan. 1935, IEB/USP.

"(...) cafés em cujas mesas amargas mãos inspiradas vão traçando versos que ninguém ouve, histórias que ninguém lê, um mapa de paixão sobre mármore precário que o criado vem lavar sem tristeza, sem piedade, como acaso patético do tempo, que desfaz, elimina o acontecido. (...) Que canseira de versos por cima das mesas, pelo espaldar das cadeiras! (...)"[14]

Antes de se recolherem ao hotel, no Estoril, Cecília e Fernando deram um passeio de carro por Lisboa com os amigos e visitaram a embaixada brasileira.

"Inteligente, bonita, com um ar exótico e uma escrita de grande qualidade, Cecília realmente fascinava os portugueses, ao mesmo tempo que causava *frisson* na sociedade machista de então", sintetizou, seis décadas e meia depois, um observador privilegiado.[15]

Seria, assim, Portugal a primeira escala no programa universalizante do talvez mais universalista dos poetas brasileiros do período modernista.[16] Depois de ter publicado três livros de versos e um de prosa (a estréia fora com um livrinho de sonetos escritos aos 16 anos: *Espectros*), a jovem Cecília, então com 32 anos, cruzou o Atlântico no instante exato de travessia de sua fase poética de forte herança simbolista para aquela outra de maturidade, marcada por uma confluência de estéticas,[17] que lhe garantiria um lugar único no quinteto da grande poesia brasileira do século.[18]

Desde 1929, ela começara a guardar poemas para um próximo livro. Chegara a dizer, em 1934, já ter material para dois novos volumes. Alguns desses poemas já haviam atravessado o Atlântico antes dela. Sempre pela via de refinados intérpretes literários. Uns haviam desembocado em Portugal pelas mãos do ensaísta José Osório de Oliveira (1901-64), tido como pioneiro nas relações literárias luso-brasileiras modernas. Antes de Osório, "a bem dizer, não havia literatura brasileira em Portugal", escreveu Mário de Andrade.[19] De fato, no ensaio-conferência *Literatura brasileira,*

---

14) MEIRELES, Cecília. "Evolução lírica de Lisboa". Op. cit.

15) Arnaldo Saraiva, entrevista à autora na Universidade do Porto em 30 de junho 1998.

16) Ver obras como *Doze noturnos da Holanda*, *Poemas italianos*, *Poemas escritos na Índia*, *Poemas de viagens* e também as *Crônicas de viagem* e traduções como *Poemas chineses*, *Poesia de Israel*, entre outras.

17) GOUVEIA, Margarida Maia. *Cecília Meireles, uma poética do eterno instante*, tese de doutoramento. Açores, Universidade dos Açores, 1993, policopiada.

18) Conforme José Paulo Paes: "No mapa da poesia brasileira, Cecília Meireles é dona de um território de fronteiras tão bem delimitáveis quanto as capitanias de que Manuel Bandeira, Carlos Drummond de Andrade, Murilo Mendes e João Cabral de Melo Neto são (...) donos naturais". "Poesia nas alturas". In *Os perigos da poesia e outros ensaios*. Rio de Janeiro, Topbooks, 1997.

publicado em 1926 em Lisboa, o ensaísta português já dava mostras da leitura arguta que faria depois, em muitas outras obras, de poetas e prosadores brasileiros, especialmente na sua *História breve da literatura brasileira,* cuja primeira edição saiu em 1939. Foi também organizador de sensíveis antologias dessa literatura — entre as quais, uma de contos de Machado de Assis.

José Osório passara parte da infância no Brasil, para onde voltaria em 1923 (depois de ter participado de uma frustrada insurreição nacionalista em Portugal, ficando amigo também de Mário, entre outros modernistas) e em 1933-34 (em missão jornalística para um jornal de Lisboa), e posteriormente em muitas outras temporadas. "Nada pode ser mais grato ao meu coração e à minha inteligência do que receber o livro dum escritor brasileiro, principalmente dum novo", escreveria Osório em 1943, quando já secretário de redação da revista *Atlântico*. "Sou um português brasileiro, um homem de duas pátrias, pelo menos espirituais ou intelectuais."[20]

Em 1923, caíra nas mãos de Osório *Nunca mais...* e *Poema dos poemas,* o segundo livro da jovem Cecília, com versos que lhe soaram "apenas música". Mais tarde, ele iria orgulhar-se de ter sido "o primeiro a dizer aos brasileiros que tinha surgido uma grande poetisa no Brasil".[21] O que contém uma certa dose de exagero, uma vez que brasileiros como João Ribeiro, Pereira da Silva e Amadeu Amaral já haviam escrito sobre os versos da jovem Cecília.

Por volta de 1930, quando o poeta chileno Gerardo Seguel, que trabalharia com Cecília Meireles na *Página de Educação*, viajou a Lisboa, levou o poema dela "Medida da Significação" ao poeta e crítico Carlos Queiroz:

> (...)
> "É inútil o esforço de conservar-me;
> todos os dias sou meu completo desmoronamento:
> e assisto à decadência de tudo,
> nestes espelhos sem reprodução. (...)"
> *[Viagem]*

A Queiroz, autor do livro de poemas *Desaparecido*, pareceu que em versos como estes Cecília Meireles manifestava, como Rimbaud, "na ânsia

---

19) ANDRADE, Mário de. "Portugal". In *O empalhador de passarinho.* 3. ed. São Paulo/Martins, Brasília/INL, 1972.

20) OSÓRIO, José. "O mito do Brasil". In *Atlântico,* n. 4, Lisboa-Rio, 1943.

21) Cf. CRISTÓVÃO, Fernando. "Compreensão portuguesa de Cecília Meireles". In *Colóquio Letras.* Lisboa, n. 46, nov. 1978, pp. 20-27.

de descobrir-se, o super-humano esforço de ultrapassar o limite".[22] Tanto Queiroz como Osório, entretanto, detectavam na lírica carioca uma certa escassez de "brasilidade". É verdade que Osório, conforme a observação de um crítico, depois retirou "sensatamente" aquela avaliação da edição definitiva de sua *História breve*.[23] Mas, nos anos 30 e 40, a alegada escassez viria a se tornar um chavão que pouco ajudou a então incipiente recepção da obra ceciliana de maturidade em seu próprio país. Sem entrar na polêmica, Cecília daria, pela via de seu trabalho, múltiplas respostas àquele chavão: em seus desenhos que tematizavam o folclore negro no Brasil, alguns dos quais levara na bagagem naquela viagem; no permanente interesse pelo estudo das tradições folclóricas brasileiras; no apaixonado empenho por uma revolução educacional em seu país. A maior das respostas, entretanto, emergiria na forma de poesia, duas décadas depois, com a sua talvez maior obra-prima: o *Romanceiro da Inconfidência*, voltado para uma temática estrita da história nacional.

Em 1934, aquela viagem e a íntima proximidade do mar estimularam a fertilidade artística da poeta. Ainda a bordo e, depois, em solo português, ela escreveria vários extraordinários poemas. Parte deles seria incluída em seu primeiro livro de maturidade, *Viagem,* que só viria a ser publicado cinco anos depois — e pela editora lisboeta Ocidente. Com uma sucinta dedicatória: "A meus amigos portugueses".

---

22) QUEIROZ, Carlos. "Cecília Meireles, poetisa européia". In *Diário de Lisboa*, Suplemento Literário, 21 dez. 1934.
23) Cristóvão, Fernando. "Compreensão Portuguesa de Cecília Meireles". Op. cit., p. 26.

OS AMIGOS PORTUGUESES

Tantas vezes a viagem tivera de ser adiada, que, à chegada, os anfitriões Antonio Ferro e Fernanda de Castro tinham partido em missão oficial a Paris. Ferro ainda tivera de ir à Alemanha e à Itália, de onde só regressaria em 10 de novembro, mas Fernanda tomou em meados de outubro o Sud-Express de volta a Lisboa para encontrar e, afinal, conhecer pessoalmente a amiga com quem trocara tantas cartas, livros e poemas. "Sei que já está em Lisboa e não imagina como estou contente por ir enfim conhecê-la. Todos me dizem de si maravilhas", escreveu Fernanda, de Roma, em 17 de outubro de 1934, à escritora brasileira.[1]

Assim, dias depois do desembarque no cais de Alcântara, seria Cecília a ir esperar na gare do Rossio, com um grande buquê de cravos vermelhos, a outra escritora, em quem como que reconheceria os "piratíssimos" olhos azuis.

Afora a literatura, o jornalismo e as atividades educacionais também aproximavam-nas agora. Para além da categoria confinada das poetisas, quase um subgênero na época ("um vício, como ser doutor entre os homens", dizia Cecília), as duas escritoras vislumbravam como perspectiva a constelação dos poetas, seus verdadeiros interlocutores.[2] Tinham também em comum o horror ao formalismo, à literatice e às ostentações de erudição, o amor pelas coisas simples do povo e um certo humor e irreverência por vezes marotos.

> "Recebi hoje a tua carta: é muito curioso o que me contas sobre a voz que te anunciou a minha. A continuarmos assim, poderemos montar com muito sucesso um consultório de previsões e, como somos ambas morenas de olhos de pantera e tranças árabes, faremos fortuna

---

1) Cópia de carta de Fernanda de Castro encontrada no Arquivo Darcy Damasceno, Biblioteca Nacional do Rio de Janeiro.
2) Mais de uma vez, João Gaspar Simões afirmou tratar-se Cecília Meireles de "um poeta", justificando: "para tão excelente artista a palavra poetisa soa mesquinha". In *Diário de Lisboa,* coluna "Livros da Semana", 31 dez. 1942.

rapidamente com o título sugestivo *The Arabian Sisters* ou outro melhor que inventes."[3]

diz, por exemplo, um cartão de Cecília a Fernanda. Poucos anos depois, logo após se ter encontrado com Oswald de Andrade em Lisboa, Fernanda contava a Cecília que traduzira poemas desta a um de seus amigos, o poeta e dramaturgo belga Maurice Maeterlinck, que "os têm apreciado muito".[4] Muito lido pelos modernistas brasileiros quando jovens, Maeterlinck seria um dos muitos autores que a poeta brasileira viria a traduzir.

Para Cecília, literariamente Fernanda de Castro (1900-94) "marcou bem a sua posição entre os renovadores", estabelecendo a passagem de um século para outro, principalmente "por sua filiação literária":

> "O movimento de seus versos, a graça espontânea e o gosto dos temas da vida popular, o sentido decorativo da paisagem portuguesa revelam sua linhagem artística, que descende de Cesário Verde e Antonio Nobre".[5]

Hospedados, primeiro, no Palácio Hotel, no Estoril, Cecília e o marido dirigiam-se diariamente de comboio até Lisboa, onde os esperavam os amigos. A casa de Fernanda e Ferro, na antiga Calçada dos Caetanos, no Bairro Alto (casarão onde residira Ramalho Ortigão), passou a ser um dos pontos de encontro. José Osório e sua mulher, a cantora lírica Raquel Bastos, João de Castro Osório e a escritora Dulce Lupi, o escultor Diogo de Macedo, o escritor e desenhista Manuel Mendes (que desenhou em outubro um retrato dela a bico de pena) formavam, ao lado de Fernanda, o grupo ceciliano mais constante. Com Ferro, o relacionamento da escritora brasileira parece ter sido apenas polido, algo distante. Em uma carta, ela disse acreditar que ele se implicava com as "maluquices" dela.

Multiplicaram-se as recepções com escritores e as conversas com os muitos poetas que Cecília reivindicara a José Osório. Carlos Queiroz, Luís de Montalvor, Afonso Duarte, João de Barros, Almada Negreiros seriam alguns que Cecília então conheceria — e boa parte deles incluiria, uma década depois, na antologia *Poetas novos de Portugal*[6], que organizou e prefaciou para uma editora brasileira.

---

3) Excerto de cartão de Cecília Meireles, in CASTRO, Fernanda de. *Ao fim da memória*. 2. ed. Lisboa, Verbo, 1988. 2 v. e cf. cópia de carta de Fernanda a Cecília, localizada no Arquivo Darcy Damasceno.

4) Idem, ibidem.

5) MEIRELES, Cecília (org.). *Poetas novos de Portugal*. Rio de Janeiro, Dois Mundos, 1944, pp. 32-33

6) Idem.

Por vezes acompanhados de alguns desses amigos, Cecília e Fernando costumavam deslocar-se a outras cidades. Sintra, Mafra, Alcobaça e Nazaré foram alguns dos destinos. E ela ia registrando algumas das impressões de viagem. Em Mafra, admirou a biblioteca de 35.000 volumes, alguns em pergaminho, mas também a cela de um monge no mosteiro barroco:

> "(...) tive vontade de ficar aí, mas achei os cilícios inúteis e o jarro d'água muito pequenino, e a cama um pouco desconfortável, e o livro de orações estava em latim..."[7]

Outra biblioteca que a encantou foi a do Palácio Fronteira:

> "(...) abre para um parque deslumbrante, onde há uma galeria com os bustos em mármore de todos os reis de Portugal, e um lago cercado de azulejos antigos (...). . Infelizmente, [os] habitantes [desse palácio], de tão límpida linhagem, são toureiros, e preferem agarrar um novilho à unha que se encontrarem com um poema ou um problema de filosofia. (...)"[8]

Depreende-se da correspondência de Cecília Meireles que a troca de idéias e informações com os amigos era, também em Lisboa, um dos programas preferidos dela — uma espécie de correspondência em três dimensões. "Os amigos são uma forma animada de poesia", costumava dizer.

José Osório de Oliveira, que Cecília viria a chamar, em uma das cerca de sessenta cartas que lhe enviou entre as décadas de 30 e 60, de "precioso irmão", seria, até o final da vida dela, um de seus mais próximos amigos portugueses.[9] Quando ele esteve no Brasil em 1933-34, com a mulher, Raquel Bastos, Cecília lhes falara não só do centro de cultura infantil que estava prestes a inaugurar, no Rio, como também do plano dela e de Fernando Correia Dias de uma próxima viagem à Europa. Uma vez que ele já admirava a sua poesia, parece certo que Osório, também na condição de funcionário do governo, além de ensaísta e jornalista, tenha feito o possível, quando ela lhe avisou sobre a confirmação da viagem, para ajudar a providenciar uma programação à altura das expectativas da jovem poeta.

Foi depois de sua segunda viagem ao Rio e a São Paulo, em 1923, quando gerenciou a livraria de sua mãe, a escritora Ana de Castro Osório,

---

7) Carta ao educador Fernando de Azevedo, 6 nov. 1934, depositada no IEB/USP.
8) Idem.
9) Em carta de Cecília Meireles a José Osório [49 estão hoje em poder do professor Arnaldo Saraiva, no Porto, e outras oito, na Biblioteca Nacional de Lisboa].

que José Osório de Oliveira passou a ser considerado um pioneiro na compreensão e divulgação em Portugal da literatura brasileira moderna. Naquele ano, ele também estivera na casa de Mário de Andrade, na rua Lopes Chaves em São Paulo, participando de uma reunião dos modernistas paulistas.[10] "(...) creio que foi José Osório de Oliveira o primeiro intelectual português a conceber a nossa literatura como uma entidade unida e independente", escreveria Mário em um artigo de 1940.[11] Em 1932, os dois escritores, que já vinham trocando livros com alentadas dedicatórias desde os anos 20, passaram a se corresponder (foram localizadas em Portugal 23 cartas de Mário a José Osório). Em 1933, ano em que publicaria o livro *Espelho do Brasil*, acompanhado da mulher, Raquel Bastos, Osório voltaria a encontrar Mário em São Paulo.

Ao regressar a Portugal em 1934, José Osório chegou a publicar uma nota sobre Cecília Meireles e Fernando Correia Dias no *Diário de Notícias* de Lisboa, pelo qual viajara a serviço ao Brasil. A amizade entre os dois escritores foi-se estreitando. Meio por brincadeira, meio a sério, Cecília chegou a nomear Osório seu "empresário" literário em Portugal, depois da visita de 1934. Ainda em 1935, o amigo ficaria indignado com o que considerava falta de reconhecimento dos brasileiros à qualidade poética de Cecília. "Saiu aí [no Brasil] uma 'Antologia de Poetas Modernos' em que você não figura. Fiquei danado e (...) com uma vontade de me atirar à bestinha que organizou essa antologia. Já aí no Rio tive com esse sujeito uma discussão por sua causa. Mas Portugal há de desagravá-la", escrevia, por exemplo, em outubro de 1935, numa carta à amiga.[12]

Anos depois, na condição de secretário de redação da revista *Atlântico,* cujo primeiro número apareceria em 1942, o ensaísta continuou divulgando a moderna literatura brasileira, principalmente textos de Carlos Drummond de Andrade, Graciliano Ramos, Jorge Amado, Manuel Bandeira, Álvaro Lins, Otto Maria Carpeaux, Mário de Andrade e Cecília Meireles. Na condição de professor, conferencista ou de cineasta (em 1945, deu um curso de história da literatura portuguesa na Universidade de São Paulo e, dois anos depois, assessorou as filmagens da vida de Castro Alves realizadas pelo diretor Leitão de Barros), José Osório voltaria muitas vezes ao Brasil, sempre freqüentando a casa de Cecília e seu círculo de amigos. Estava, por

---

10) Cf. SARAIVA, Arnaldo. In *Colóquio Letras*, Lisboa, n. 33, set. 1976, p. 62.
11) Cf. ANDRADE, Mário de. "Portugal". In *O empalhador de passarinho*. Op. cit.
12) Carta de Osório a Cecília (27 out. 1935), com cópia no Arquivo Darcy Damasceno/ Biblioteca Nacional do Rio de Janeiro. [Obs.: o organizador da antologia criticado por Osório era o escritor Dante Milano.]

exemplo, presente no Gabinete Português de Leitura, no Rio, na noite em que ela, apesar de recentemente acamada, leu o texto que tivera de escrever "muito rapidamente", "Evocação lírica de Lisboa" — e ficaria indignado quando o encarregado de negócios de Portugal perguntou à poeta se realmente tinha sido ela mesma quem escrevera aquilo.[13] Esse texto de prosa poética, que Osório classificou como talvez a "mais bela de toda a prosa inspirada pela cidade tágide", mereceu uma bela edição em separata no número 6 da *Atlântico,* com ilustrações da pintora Maria Helena Vieira da Silva, que também viria a se tornar próxima amiga da escritora.

Todas as vezes que Cecília voltou a Portugal, Osório e Raquel lá iam recebê-la, nem que, quando se tratava de uma escala, fosse só para uma conversa no próprio aeroporto. Ao "precioso irmão" Cecília acabaria dedicando o extraordinário poema "Memória", do livro *Vaga música*:

> "Minha família anda longe,
> com trajos de circunstância:
> uns converteram-se em flores,
> outros em pedra, água, líquen;
> alguns, de tanta distância,
> nem têm vestígios que indiquem
> uma certa orientação. (...)"

Foi certamente José Osório de Oliveira quem apresentou a Cecília alguns poetas e escritores que também se tornariam grandes amigos dela — três deles integrantes de sua própria família: sua mãe, a escritora Ana de Castro Osório, que morreria logo depois, em 1935; o irmão, João, e a prima e também escritora Dulce Lupi de Castro Osório, que assinava poemas sob o pseudônimo de Maria Valupi. "D. Ana (...) era grande amiga minha à distância, ainda sem me conhecer", escreveu Cecília em uma carta. Em Lisboa, Cecília foi à casa dela, e tudo indica que, com a proximidade, a estima foi mútua e instantânea. A começar pelo currículo de Ana Osório: entre outros trabalhos, ela recolhera contos da tradição popular, escrevera sobre educação e livros para crianças, além de ter sido uma das precursoras do feminismo português (autora inclusive do livro *A mulher no casamento e no divórcio*, que fizera sucesso no Brasil na década de 10). É compreensível que essa intensa e combativa atividade intelectual tenha impressionado ou até influenciado a também múltipla Cecília, que jamais se ateve aos limites desenhados para a mulher de seu tempo.

---

13) Cf. carta de Cecília Meireles a Armando Cortes-Rodrigues, 30. out. 1947.

Ainda na casa de Ana Osório, Cecília conheceria o ex-diretor da revista modernista *Orpheu* (e futuro co-fundador da editora portuguesa Ática), Luís de Montalvor (pseudônimo de Luís da Silva Ramos), segundo registrou anos depois em uma carta:

> "Creio que só o vi uma vez, e nunca o esqueci. Depois escreveu-me algumas vezes. (...) Outro dia, por uma pessoa que nem conheço, recebi o seu presente de livros. Num deles tinha posto uma dedicatória que começa nada menos que por isto: 'À sempre divina...' (...) Pensei em responder-lhe com um poema (...). O Montalvor parecia um grego perdido, extraviado de jardins clássicos. (...)"[14]

Já de volta ao Brasil, em setembro de 1935 Cecília escreveria (pela primeira vez) a Mário de Andrade, pedindo-lhe poemas para uma revista cujo lançamento Luís de Montalvor preparava. E se referia ao poeta português nestes termos:

> "(...) é sobretudo um esteta e um espírito encantador de amigo (...). Pelo que eu conheço do Montalvor, deve ser, graficamente, maravilhosa essa publicação. (...)"[15]

Em *Poetas novos de Portugal*, ela incluiria cinco poemas do ex-diretor formal de *Orpheu*. Lembraria também a fundação da revista *Centauro* pelo poeta, no qual identificou, além dos vínculos com a "estirpe do simbolismo francês", "uma extraordinária elegância de forma" e a "escolha de temas vagos e imaterializados".[16] Cecília ficaria muito abalada ao saber da trágica morte de Montalvor, em 1947.[17]

O poeta e escritor João de Castro Osório, irmão mais velho de José Osório de Oliveira, fora o responsável pela edição de *Clepsidra,* de Camilo Pessanha, e já dirigira a revista *Descobrimento* quando encontrou Cecília em Lisboa em 1934. É provável que então ela tenha lido o seu *Cancioneiro sentimental*, que ele só publicaria dois anos mais tarde, constatando depois, dessa leitura, como João de Castro ia "remoçando as formas antigas dos cancioneiros, enriquecendo as letras portuguesas de formas da literatura árabe".[18] A João de Castro a poeta carioca também dedicou um poema de

---

14) Cf. carta a Armando Cortes-Rodrigues, 18 mar. 1947.
15) Cf. carta de Cecília Meireles a Mário de Andrade.In *Cecília e Mário*. Nova Fronteira, Rio de Janeiro, 1996, p. 289.
16) MEIRELES, Cecília (org.). *Poetas novos de Portugal*. Op. cit., p. 34.
17) Carta a Armando Cortes-Rodrigues, 18 mar. 1947.
18) In *Poetas novos de Portugal*. Op. cit., pp. 31-32.

Vaga música ("Epigrama do espelho infiel"). Anos depois, em 1951, aos dois irmãos Osório ela ainda dedicaria o livro *Amor em Leonoreta*, escrito a partir de profundas investigações do lai galaico.

A Dulce Lupi, a "doce Dulce", Cecília também dedicou poemas e com ela trocaria cartas, inclusive na fase mais difícil de sua vida, que começaria exatamente um ano depois daquela viagem. Em algumas dessas missivas, falou de seus solitários estudos de grego e latim "para encher o tempo". Por essa época, já dominava o francês, o inglês, o italiano e o espanhol e ainda viria a estudar idiomas como hebraico, sânscrito, chinês e russo, chegando a traduzir "quase todo o Tchekov do original", conforme escreveu nos anos 40 a um amigo. Na correspondência à amiga Dulce, chegou a expor algumas reflexões, inclusive acerca de Confúcio e Buda, que em boa parte moldaram o seu misticismo:

> "Confúcio faz-me bem. Andar em linha reta, moderadamente, com desinteresse, pensando com pureza, agindo com obediência. Prefiro-o a muitos santos. Os santos que se privam de tudo, tudo, parecem-me uns fanáticos interesseiros, que desprezam este mundo (triste, é certo, mas às vezes belo) pela ambição de um céu estável e seguro como os montepios dos funcionários públicos. Eu só gosto dos santos sem céus determinados. E sem ambições. (...) [Buda] resumia os dois extremos das minhas tentativas: era o santo mas era o filósofo. Jesus foi apenas o poeta .(...)"[19]

O poeta de *Desaparecido*, Carlos Queiroz (1907-1949), de quem a escritora também se tornou amiga, em 1934 — o primeiro encontro foi no café A Brasileira do Chiado, conforme carta que ele lhe enviou —, também seria um dos incluídos na antologia *Poetas novos de Portugal*. Foi ele um dos primeiros escritores portugueses (talvez o segundo, depois de José Osório) a escrever já sobre a sua fase poética de maturidade, em artigo no quarto número do Suplemento Literário do *Diário de Lisboa*. Texto que vinha sob um curioso título: "Cecília Meireles, poetisa européia". Queiroz explicava-se: Cecília era poeta que se investigava "em profundidade", característica que ele não localizava na poesia brasileira e na das Américas de maneira geral, à exceção de Edgar Poe. "Enquanto Jorge de Lima, Manuel Bandeira e Ribeiro Couto se servem da visualidade (que é, sem dúvida, a característica dominante dos povos florescentes) (...) Cecília serve-se dela para 'objetivar' o seu mundo interior. A paisagem — de que os brasileiros abusam tanto como os portugueses da saudade — é um acidente, um simples

---

19) Cartas de Cecília Meireles a Dulce Lupi de Castro Osório, in *Colóquio Letras*, n. 66, mar. 82, pp. 65 e 69.

elemento decorativo ou um 'meio' na obra poética de Cecília Meireles", analisava.[20]

Cecília voltaria a chocar-se ao saber, em 1949, da prematura morte de Carlos Queiroz, ocorrida em Paris:

> "Ora, eu sempre nos meus planos de ir até aí abraçar os amigos incluía o Carlos como um dos mais vivos, mais novos, mais presentes. E eis o que acontece. Deu-me a notícia o Osório."[21]

A ele dedicou dois poemas: "Oráculo", de *Vaga música*; e o de número 22 de *Metal Rosicler*:

> "Um pranto existe, delicado,
> que recorda amoravelmente
> o infindável adolescente
> que um dia esteve ao nosso lado
> — e para sempre foi presente,
> por seu rosto de desterrado,
> seu sofrimento sossegado
> e, por discreto, mais pungente. (...)"

Já o poeta e crítico João de Barros (1881-1960), que não seria incluído na antologia que ela organizou, deve ter chegado a Cecília por via de Fernando Correia Dias, com quem este trabalhara, ainda na década de 10, em Portugal, nas revistas *Rajada* e *A águia*. Anos depois, Barros escreveria uma crítica ao livro dela, *Mar absoluto*, que Cecília julgaria particularmente acertada, desde que o termo "heroísmo" que ele lhe atribuía se vinculasse a uma "forma silenciosa de resistência, de todas as resistências". Afinal, ela admitia, "sempre fui de uma coragem impressionante".[22] E comentaria em uma carta:

> "(...) esta é a primeira vez que alguém descobre, com uma simplicidade de mágico, esse sentimento de heroicidade que, no entanto, sempre se me afigurou a pequena e talvez exclusiva, íntima virtude da minha vida, humana e poética. (...) me sinto como descoberta (...) porque é talvez de poetas andarem sempre meio escondidos e em metamorfose, como essas figuras do Picasso, com muitas cabeças rodantes (...)."[23]

---

20) QUEIROZ, Carlos. "Cecília Meireles, poetisa européia". In *Diário de Lisboa*, 21 dez. 1934.
21) Carta a Armando Cortes-Rodrigues, 16 nov. 1949.
22) Idem, out. 1946.
23) Ibidem.

Considerado um dos principais apóstolos da aproximação luso-brasileira no período que antecedeu o Modernismo — dirigiu a revista *Atlântida* e foi amigo também de Manuel Bandeira e Jorge de Lima, entre outros; e como colunista do *Diário de Lisboa* seria um dos primeiros a divulgar Graciliano Ramos, Jorge Amado ou Gilberto Freyre —, João de Barros deve ter integrado a comitiva que acompanhou a poeta e Fernando Correia Dias, juntamente com Fernanda de Castro e o pintor Johan Bojer, a Alcobaça e, depois, Nazaré, conforme cartão de Natal que ela lhe mandaria muitos anos depois.[24] Périplo esse que renderia outros poemas, como "Domingo de Feira":

> "Nesse caminho de Alcobaça,
> nos arredores do Mosteiro,
> eu sei que o mercado da praça
> dura quase o domingo inteiro.
> (...)
> Homens vindos de longe, graves
> mais que D. Nuno Álvares Pereira,
> e mulheres com modos de aves
> andam e gritam pela feira. (...)"
>
> *[Vaga música]*

Mais adiante, ela encontraria a localidade que a marcou profundamente, e à qual muitas vezes se referiria, em cartas e crônicas:

> "A mais bela coisa que vi foi a aldeia de Nazaré, toda de pescadores, que usam roupas escocesas e parecem brotar das águas, junto com os peixes. (...)"[25]

Quando esteve em Coimbra, em meados de dezembro, para pronunciar a conferência "Notícia da poesia brasileira", Cecília conheceu um outro amigo de Fernando Correia Dias, o poeta Afonso Duarte (1886-1957), que recordaria com "ternura" muitos anos depois, em uma carta:

> "(...) já por aquela altura ele se ocupava de folclore. Tinha no seu quarto (morava numa casa engraçada, com uma escada cheia de contorções, própria para romances de capa e espada) uma coleção de desenhos e bonecas regionais feitos pelos seus alunos (...). Sofria e trabalhava. O

---

24) Cartão de Cecília Meireles a João de Barros, 8 out. 1946, Biblioteca Nacional de Lisboa.
25) Carta de Cecília Meireles a Fernando de Azevedo, 6 nov. 1934, IEB/USP.

que o tornou, a meus olhos, muito simpático. Lembro-me especialmente dele nas escadas da universidade. Estávamos com o [historiador e crítico de arte] Vergílio Correia."[26]

Classificaria Duarte como um poeta que se inclinou "para a geração dos novos depois de ter evoluído na primeira parte de sua obra dentro do grupo 'saudosista'".

> "Tão autêntica é a seiva histórica, tradicional, popular [da sua poesia] que ela se faz palpitante e nova em cada época, dentro de uma geração que não é mais a sua."

escreveu a seu respeito em *Poetas novos de Portugal*. A Duarte ainda dedicou um poema antológico, do livro *Vaga música*, publicado em 1942:

> "Na quermesse da miséria,
> fiz tudo o que não devia:
> se os outros se riam, ficava séria;
> se ficavam sérios, me ria.
> (...)
> De tanto querer ser boa,
> misturei o céu e a terra,
> e por uma coisa à toa
> levei meus anjos à guerra."
> ["Confissão"]

Anos depois da passagem de Cecília pela terra lusíada, o então jovem estudante Eduardo Lourenço ouviria de Afonso Duarte, em Coimbra, os relatos sobre o "rastro de deslumbramento" que a poeta carioca deixara em Portugal. "Duarte evocava Cecília com uma espécie de fervor", recorda o autor de *Labirinto da saudade*.[27]

Também naquela temporada, em Lisboa, foi na casa de José Osório, no Largo de Contador Mor (nome que tanto encantava Mário de Andrade),[28] durante um chá que este organizara em torno da escritora brasileira, que ela conheceu outro artista que viria a se tornar um de seus mais próximos amigos portugueses: o escultor e escritor Diogo de Macedo (1889-1959). Amizade, como muitas outras, que ela "desejava não perder jamais!". E

---

26) Carta de Cecília Meireles a Armando Cortes-Rodrigues, 6 ago. 1949
27) Cf. conversa de Eduardo Lourenço com esta autora, em 2 maio. 2000, em São Paulo.
28) Cf. ANDRADE, Mário de. "Portugal". Op. cit.

que depois se intensificaria tanto no Brasil, onde se reencontrariam em 1950, como outra vez em Portugal, além de ter gerado constante troca de cartas através do Atlântico. Espírito inquieto, o escultor estudara, quando jovem, muitos anos em Paris, onde conviveu com artistas como Modigliani e Rodin, fase de sua vida que ele registrou em um livro de sucesso na época, *14, Cité Falguière*. Depois, viria a abandonar a escultura, assumindo a direção do Museu Nacional de Arte Contemporânea de Lisboa, hoje Museu do Chiado.

> "(...) conheci o Diogo quando da minha primeira visita a Portugal. Pareceu-me, então — e assim me pareceria sempre —, um boêmio tímido e sério, por mais que essas três palavras sejam difíceis de entender juntas (...)".

escreveria Cecília no artigo "Meu amigo Diogo", quando a revista *Ocidente* prestou-lhe homenagem após sua morte.[29] Ao escultor ela também dedicou um poema do livro *Vaga música*, "Canção da menina antiga":

> "Esta é a dos cabelos louros
> e da roupinha encarnada,
> que eu via alimentar pombos,
> sentadinha numa escada.
>
> Seus cabelos foram negros,
> seus vestidos de outras cores,
> e alimentou, noutros tempos,
> a corvos devoradores. (...)"

Não é difícil imaginar, depois de tantos anos de cerrado trabalho em escolas, em comissões educacionais e em redação de jornal, afora a tríplice maternidade, quanto essa viagem e todos esses contatos com poetas e artistas representaram para a jovem Cecília, nos anos 30. Nas andanças por Lisboa, contudo, ela não se contentou com os holofotes das festas e ambientes luxuosos, saindo, muitas vezes, em busca do outro lado da cidade:

> "(...) Mostram-te palácios — fatigados de tetos tão faustosos —, igrejas onde (...) estão envelhecendo os santos, com suas barbas de pó (...). Mostram-te museus, onde há coches para rodar pelo mundo da mitologia; tapetes para te fazerem esquecer as histórias da gente de hoje,

---

29) MEIRELES, Cecília. "Meu Amigo Diogo". *Ocidente*. Lisboa, v. LVI, p. 283.

sem mistério; panóplias para te sugerirem uma nova conquista do mundo: e sais de tanta riqueza e tanto sonho como sob um malefício, e vais à procura dessas vielas sujas (...) e és atravessado por um sentimento estranho de desgraça e grandeza, como se não pudessem viver de outra maneira os netos dos heróis (...)."[30]

---

30) MEIRELES, Cecília. "Evocação lírica de Lisboa". Op. cit.

FERNANDO CORREIA DIAS

O comboio Lisboa-Porto sairia muito cedo, era preciso estar na gare antes das sete. Deixar o doce convívio com os amigos de Lisboa, interromper aqueles dias felizes, e partir rumo ao Norte. Fernando decidira que deveriam passar duas semanas junto à família dele, no casarão da Penajóia. Edificação também conhecida como Palácio da Boa Esperança... "Preparem-se para o frio", os amigos preveniram. Um dos mais rudes invernos dos últimos anos aproximava-se. Cedo nevaria na Serra da Estrela.

A despedida havia sido na véspera, em casa de Fernanda de Castro. Sim, na volta a Lisboa, para as conferências, gostaria de ter afinal um encontro com aquele poeta extraordinário que ainda não conseguira avistar: Fernando Pessoa. No Brasil, o marido lhe falara tanto sobre ele... E os poemas dele a que já conseguira ter acesso, publicados em algumas das revistas portuguesas que recebiam em casa, haviam mostrado que Pessoa descobrira novos caminhos para a poesia. Já o sonho de chegar aos Açores, mais precisamente à ilha de São Miguel, terra de sua mãe e avós maternos — este, sabia que teria de ser adiado.

"Não podemos nos demorar muito mais, deixamos três crianças num colégio", avisara a Fernanda de Castro. Eram as filhas Maria Elvira, Maria Mathilde e Maria Fernanda, que, na ausência de parentes no Rio, haviam ficado em um colégio de Copacabana. Contudo, a viagem de Antonio Ferro à Itália e à Alemanha provocaria o adiamento das conferências para o segundo período da temporada em Lisboa. De fato, elas só puderam se realizar em dezembro.

Entre as malas, ao lado da pequena máquina de escrever, emergia a cestinha com a merenda preparada por Fernanda para a viagem... doces de ovos, frutas, foie-gras. Atrasaram-se um pouco e encontraram o comboio já quase lotado.

Almoço no Porto, parada para um café, visita a uns amigos de Fernando e volta à gare, para enfim tomarem a direção de Moledo da Penajóia, via Peso da Régua. Lá passariam o aniversário de ambos. Cecília completaria 33 anos em 7 de novembro, Fernando, 42, no dia 10. Depois de doze anos de casados, três filhinhas, ela ia conhecer a família dele, os Correia Dias Araújo.

Era confortável aquele wagon todo forrado em veludo... e engraçado o pregão dos vendedores nas pequenas estações onde o comboio ia parando: "regueifas!", "quem quere aúgua?".[1]

* * *

Fernando Correia Dias deixou cedo a casa dos pais, em Moledo da Penajóia, conselho de Lamego, distrito de Viseu. Estudou em Coimbra, conheceu escritores e poetas, alguns dos quais se tornariam seus próximos amigos. A vocação para o desenho, a pintura e as artes gráficas era já evidente. Tinha apenas dezoito anos quando, em 1910, desenhou a capa de *A Águia*, revista quinzenal de literatura e crítica publicada no Porto, que se tornaria célebre não só por ter sido o órgão porta-voz da Renascença Portuguesa, como também por abrigar a estréia de um certo articulista que previa o surgimento em Portugal de um super Camões: Fernando Pessoa.

Nas primeira e segunda séries da publicação, das quais, a partir da sucursal de Coimbra, participou Fernando (a capa com uma águia por ele desenhada apareceria até o último número), a revista reunia o poeta Teixeira de Pascoaes (1877-1952), tido como a figura central do Saudosismo português, como diretor; o desenhista Antonio Carneiro como diretor artístico; e o jornalista e escritor Álvaro Pinto (1889-1956) exercia a função de editor. Em *A Águia*, pela primeira vez apareceriam as vinhetas e iluminuras de traços ao mesmo tempo fortes e delicados que constituiriam uma das marcas registradas do artista nascido em Penajóia.

Além de capista e ilustrador da principal revista literária portuguesa da época, no início de 1912, ao lado do poeta Afonso Duarte (1886-1957), o jovem Fernando fundou a revista *Rajada*, "de crítica, arte e letras", publicada em Coimbra. Ele, como diretor artístico, além de novamente capista e ilustrador; Duarte, como diretor literário. Figuravam entre os colaboradores o poeta e artista plástico José de Almada Negreiros (1893-1970), os escritores e críticos Jaime Cortesão (1884-1960) e João de Barros (1881-1960) e o futuro jornalista (e diretor do *Diário de Lisboa*) Joaquim Manso — alguns dos quais também publicavam em *A Águia*. Por essa época, Fernando Correia Dias pintou um retrato a óleo de Afonso Duarte, herdado por um sobrinho deste. *Rajada*, que apesar de tendências modernistas[2] também seria vinculada ao movimento saudosista, durou quatro números, até junho daquele ano.

---

1) Fragmento da viagem reconstituído a partir de correspondências do período e jornais da época.
2) Cf. SARAIVA, Arnaldo. *O modernismo brasileiro e o modernismo português*, v. 1., p. 147.

A efervescência artística do jovem Fernando ainda o levaria a colaborar em *O Século* e na revista *Ilustração Portuguesa*, de Lisboa, em cujo salão realizou, no início de 1914, uma exposição de caricaturas e cerâmicas, muito bem avaliada por alguns escritores. Ao escrever sobre a mostra em *A Águia*, o professor de arte e estética Vergílio Correia classificou o jovem ilustrador como "o mais fino, equilibrado e inteligente artista" da nova geração. "Tudo na sua arte é ligeiro, transparente. Até quando magoa, o faz com elegância", continuava.[3] Entre os caricaturados, figuravam Álvaro Pinto, João de Barros, Jaime Cortesão, o poeta Afonso Duarte, o crítico Nuno Simões. Fernando também executou uma "ânfora do Saudosismo", em que desenhou algumas das principais figuras da Renascença Portuguesa à época, incluindo Teixeira de Pascoaes, o poeta Mário Beirão, Jaime Cortesão e Fernando Pessoa (1888-1935) — este aparecia, na ânfora, "aguçado e pernalta", exatamente em seu ano de "explosão heteronímica e do grande salto para a aventura modernista".[4]

Fernando Correia Dias teve o cuidado de fazer registrar em um álbum as opiniões de alguns desses mesmos escritores e poetas sobre a mostra, antes de se decidir a viajar ao Brasil. Ia para uma outra exposição, na realidade prevista desde o ano anterior. "Correia Dias, duma singular compleição artística, só comparável aos da Renascença clássica, é, a esta hora já, um dos mais nobres criadores de Beleza da sua e minha geração", anotaria Afonso Duarte naquele álbum. Os poetas Eugenio de Castro e Mário Beirão preferiram opinar em versos: "Pluma e lança, este pincel, / Segundo o fogo que o anima, / É carinhoso e cruel, / Fere e briga, rasga e anima!", avaliava Eugenio de Castro.[5] Já Fernando Pessoa, recorrendo talvez à sua "habitual gentileza irônica", detectada por seu biógrafo Bréchon, seria mais prolixo, terminando por afirmar que "caricatura perfeita há só uma — o Universo, autocaricatura de Deus...".[6]

No Rio de Janeiro, onde desembarcou em abril de 1914, aos 21 anos, Fernando Correia Dias era esperado no cais por um grupo de escritores e artistas, entre os quais o poeta e ensaísta carioca Ronald de Carvalho (1893-1935), que, já no ano seguinte, assumiria formalmente a direção da revista modernista portuguesa *Orpheu* no Brasil. O capista de *A Águia* logo realizou a exposição prevista, de caricaturas e cerâmicas, na Associação Brasileira de Imprensa, no Rio — onde fez muitas outras amizades.

---

3) Cf. CORREIA, Vergílio. "A Exposição Correia Dias". In *A Águia*, v. V., 2ª série, Porto, jan.-jun. 1914.
4) Cf. SARAIVA, Arnaldo. Op. cit., v. 1, p. 188.
5) In SARAIVA, Arnaldo. Op. cit., v. *Documentos inéditos*, p. 17.
6) Idem, ibidem, pp. 17-18.

No Brasil, Fernando continuou a firmar-se como ceramista, retratista e, principalmente, como ilustrador e artista gráfico. Logo à chegada, foi saudado por uma das revistas de sucesso da época, *Fon-Fon!*. Passou a colaborar na *Revista da Semana*, nos jornais *O País* e *Diário de Notícias* e na própria *Fon-Fon!*. Ficaria amigo de personalidades literárias e artísticas importantes, embora díspares, como a artista plástica Anita Malfatti e os escritores Olegário Mariano, Álvaro Moreyra, Menotti del Picchia, Guilherme de Almeida, Amadeu Amaral ou José Geraldo Vieira, além de Ronald de Carvalho. Mas a maior amizade ele fez com o caricaturista e crítico de arte Belisário Vieira da Cunha, cuja oficina tipográfica, a Apolo, passou a dirigir.[7]

Nesse trabalho, acabou destacando-se como um "renovador das artes gráficas" no Brasil. Os livros ali impressos, com capas ilustradas, vinhetas e com freqüência ex-libris de sua autoria, ganhavam afinal um aspecto gráfico moderno.[8] Ainda com Vieira da Cunha, Fernando instalou um ateliê "artisticamente decorado" na rua da Matriz, no bairro carioca de Botafogo, onde ambos passaram a residir. "Falar da sua arte é deixar falar a nossa admiração pelo seu talento criador e pela sua perfeição de executar", escreveria em 1919 Vieira da Cunha sobre "o companheiro dedicado e amigo".[9] Fernando ainda se empenhou no estudo e na valorização da paisagem local, da fauna e da flora brasileiras, bem como da arte indígena, especialmente a marajoara, "estilizando-a com originalidade" e vinculando seu nome a essas pesquisas.[10] De acordo com o editor português Álvaro Pinto, Fernando divulgou a arte indígena, nos anos 20, "como nenhum artista brasileiro".[11] Também desenhista de objetos como tapetes, luminárias e bonecos, pode ser considerado como um dos precursores do *design* moderno no Brasil.

Nos meios literários, Fernando Correia Dias ficou conhecido principalmente como refinado capista de muitos livros, como *Nós,* de Guilherme de Almeida — trabalho que seria classificado como "uma das capas mais representativas da época" —, e introdutor de recursos gráficos como os *ex-libris*, vinhetas e capitulares no Brasil, como as que realizou para a tradução dos *Poemas em prosa* de Oscar Wilde. "(...) em questão de riqueza ilustrativa não encontramos nada que superasse as capitulares que Correia Dias desenhou para os poemas de *Nós*. Na sobriedade da paginação

---

7) Cf. Lima, Herman. *História da Caricatura*, v. 4, e *Revista do IEB*, n. 31.
8) Idem, ibidem.
9) In *Revista da Semana*, 24 maio 1919.
10) Cf. LEITE, José Roberto Teixeira. *Dicionário crítico da pintura no Brasil*.
11) Cf. entrevista de Álvaro Pinto ao *Diário de Lisboa*, 29 nov. 1935.

se destacaram, pelo requinte gráfico, silhuetas de pequenos quadros cujos motivos ilustram o próprio texto e encerram a letra em gótico. (...) Curiosamente, algumas destas vinhetas foram, mais tarde, adaptadas para serem ilustrações de capas da série *Os mais belos poemas de amor*, da Companhia Editora Nacional", diz um estudo realizado nos anos 80 na Universidade de São Paulo.[12] Esse trabalho enfatiza a "dramaticidade" bem como o "padrão requintado" do trabalho gráfico de Fernando Correia Dias, considerado dono de "um estilo próprio, de refinamento no traço e uma tendência acentuada para o decorativismo do *art-nouveau*".[13] A qualidade de seu trabalho suscitou pelo menos um convite para trabalhar como artista gráfico em Paris, ao qual recusou.[14]

A preocupação de Fernando Correia Dias com o estreitamento dos vínculos luso-brasileiros nas letras e nas artes o levou a relançar no Brasil — onde já começava a grassar a chamada "onda lusófoba" a que se referiu Arnaldo Saraiva, em favor de ainda maior aproximação cultural com a França e, logo a seguir, com os Estados Unidos — a revista *Rajada,* que teria cinco edições, bem como a participar da fase brasileira da *Águia*, que tinha por trás o editor Álvaro Pinto. Em 1921, este também se transferiria para o Rio de Janeiro. Na então capital brasileira, Pinto instalou a editora Anuário do Brasil, onde Fernando passou a colaborar com o antigo chefe. Tanto na editora, que, entre 1922 e 1934, publicou cerca de 300 títulos, principalmente de autores brasileiros e portugueses,[15] como em outras revistas lançadas pelo editor. Entre elas, *Terra de Sol,* para cujo projeto gráfico, muito elogiado na época, contribuiu com a capa, as vinhetas e capitulares. Fernando Correia Dias ainda participaria do projeto da controvertida revista do modernismo carioca *Festa* (1927-28 e 1934-35). (Essa foi talvez a principal razão pela qual parte das reuniões de edição viesse a acontecer na casa de Fernando e Cecília.)

De acordo com Andrade Muricy, o projeto gráfico, ao mesmo tempo requintado e simples, que Fernando desenhou para *Festa* serviria de "paradigma para a memorável" *Presença,* lançada em Portugal, também em1927.[16]

Foi provavelmente na redação da *Revista da Semana* onde o artista português conheceu, no final de 1919 ou início de 1920, uma jovem

---

12) Cf. LIMA, Yone Soares de. *A ilustração na produção literária – São Paulo, década de vinte.* IEB/USP, 1985, pp. 139 e 145.
13) Idem, ibidem, p. 192.
14) MURICY, Andrade. *Panorama do movimento simbolista brasileiro*, v. 2, 2. ed., Brasília, MEC/INL, 1973, p. 1164.
15) Cf. SARAIVA, Arnaldo. Op. cit.
16) MURICY, Andrade. Op. cit., p. 1164.

escritora que meses antes estreara com um livrinho de sonetos ainda de escrita parnasiana: *Espectros*. Ex-normalista e professora do ensino fundamental, ela ali fora levar uma colaboração aos editores do periódico — o conto "Si sustenido", que seria publicado na edição de 17 de janeiro de 1920. Assinava Cecília Meirelles (com dois éles, na época). Então Fernando já desfrutava de prestígio no Rio, inclusive no comando da gráfica Apolo. "Em poucos [artistas] encontrei sempre com tal firmeza sonhos e planos tão idealistas como os que nortearam (...) Correia Dias", lembraria, muito tempo depois, Álvaro Pinto. Tratava-se de "um sonhador, sem noções terrestres do tempo e do espaço".[17]

Qualidades como essas devem ter chamado a atenção de Cecília, certamente lhe despertando a identificação de afinidades eletivas. É de se supor que ela também se tenha impressionado com o trânsito e o prestígio do artista em meio a alguns dos principais nomes da literatura brasileira e também portuguesa da época, cuja produção ele reunia em revistas e livros que traziam as suas próprias ilustrações — e cujas opiniões a respeito de seu próprio trabalho estavam registradas naquele álbum, com assinaturas como as de Fernando Pessoa, Mário Beirão, Afonso Duarte, Eugenio de Castro, para mencionar apenas os portugueses. "Eugenio de Castro foi um dos encantos da minha adolescência", confidenciaria Cecília em uma conferência dos anos 40.

Em 24 de outubro de 1922, ela, com vinte anos, ele, com 29, casavam-se, na Matriz de São João Batista, bairro carioca de Botafogo. Ela, ainda tateando o terreno da poesia, ainda norteando, assenhoreando-se do próprio talento — cuja verdadeira dimensão, até as vésperas do centenário de seu nascimento, quando se começou a publicar em extensão o conjunto de sua obra em prosa, ainda se está por avaliar com maior precisão. Processo de descoberta que, à época, num ser feminino e num país atrasado, devia constituir uma empresa particularmente difícil. Ele, já com a reputação feita.

Foi para trabalhos de Cecília que Fernando Correia Dias viria a desenhar algumas de suas mais extraordinárias ilustrações, como as do livro de prosa *Criança, meu amor,* dela própria — que revela idéias marcadamente humanistas e igualitárias —, publicado em 1924 e logo adotado no ensino fundamental brasileiro. Ou as da tradução que ela fizera de uma seleção de contos de *As mil e uma noites* (versão francesa Mardrus), também nos anos 20.[18] Fernando ainda desenhou uma série de retratos da

---

17) Cf. PINTO, Álvaro. *Diário de Lisboa,* 29 nov. 1935.
18) Ambos foram editados pela Anuário do Brasil, o primeiro em 1924 (1. ed.); a tradução por volta de 1927 (s.d. na edição).

poeta e chegou a registrar o desembarque de Cecília no cais de Lisboa naquele outono de 1934.[19]

"Desde a época da colônia até a metade do século XX, era difícil encontrar-se no Brasil quem não tivesse na família um português ou uma portuguesa", já se ponderou.[20] Fernando Correia Dias foi esse lusíada na vida de Cecília Meireles — e que bem deve ter impressionado também Jacinta Garcia Benevides, a avó açoriana dela, que a educou desde os três anos, depois da morte prematura de seus pais e irmãozinhos. Assim, mesmo em plena temporada brasileira de "lusofobia", a escritora carioca tinha motivos particulares para continuar aproximando-se, entre outras, da cultura e da literatura portuguesas, de que Fernando lhe daria tão vivas referências, especialmente do período de passagem do Saudosismo para o Modernismo.

"Tão bom e tão artista", como costumava dizer Cecília, o marido sofria de crises periódicas de depressão. Ela preocupava-se, uma vez que uma irmã dele, em decorrência de uma crise dessas, acabara por suicidar-se. E — ela chegaria a comentar — Fernando sempre recusara a hipótese de qualquer tratamento.

Naquelas três semanas em Lisboa, depois de tão prolongada ausência de seu país natal, Fernando desencontrara vários amigos da década de 10, o que deve tê-lo entristecido. Cecília chegou a manifestar a esperança de que a temporada junto à sua família, o reencontro da casa e da terra da infância voltassem a estimulá-lo. Certamente por isso não lhe foi difícil interromper aqueles dias de doce convívio, conversas e descobertas em Lisboa.[21]

Em Moledo da Penajóia, o casarão da família Correia Dias, conhecido na região como Palácio da Boa Esperança, olhava para o rio Douro e "para as montanhas por uma infinidade de vidraças".[22] No portal, armas de pedra com as insígnias: "Valor, Lealdade, Mérito".

* * *

---

19) Trata-se do desenho impresso na capa de *Crônicas de viagem-1*, Rio de Janeiro, Nova Fronteira, 1998.

20) Cf. Alberto da Costa e Silva, conferência "Portugal de minha varanda", São Paulo, set. 1998. [São interessantes, por exemplo. as reminiscências de infância e adolescência de Carlos Drummond de Andrade recolhidas em entrevista por Leonor Xavier para o *Diário de Notícias* de Lisboa, 7 out. 1984, parcialmente transcrita em SARAIVA, Arnaldo. Op. cit, v. Documentos dispersos.]

21) Cf. cartas de Cecília Meireles na época, vários destinatários.

22) Cf. carta de Cecília Meireles a Fernando de Azevedo, 6 nov. 1934. IEB/USP.

Já escurecera havia muito quando o comboio parou na cidadezinha de Peso da Régua. De lá era preciso atravessar o Douro até a aldeia de Penajóia, distante uns cinco quilômetros da estação. Naquela época, antes da construção das pontes e das sucessivas barragens, o rio era tão entrecortado por pedras, que ela chegou a opinar que talvez fosse possível ir caminhando por elas até a outra margem. Idéia absolutamente vetada pelo grupo que ali fora encontrá-los, munido de candeeiros, com um barco reservado para a travessia. Cecília conformou-se e se acomodou na embarcação, "naquela noite tão negra, tão fria, com um barqueiro maneta que remava de pé...".[23] A breve viagem pelo Douro iria desembocar em pelo menos um antológico poema:

> "Caronte, juntos remaremos:
> eu com a música, tu com os remos.
>
> Meus pais, meus avós, meus irmãos
> já também vieram pelas tuas mãos.
>
> Mas eu sempre fui a mais marinheira:
> trata-me como tua companheira.
>
> Fala-me das coisas que estão por aqui,
> das águas, das névoas, dos peixes, de ti.
>
> Que mundo tão suave! que barca tão calma!
> Meu corpo não viste: sou alma. (...)"
> ["Caronte", *Mar absoluto*]

Ao olhar de Cecília, Moledo da Penajóia, à beira do Douro — "o amado Douro do meu amado Antonio Machado" —, "na zona dos vinhedos mais famosos", tinha uma paisagem só de "pedra e vinha". Como já avançava o outono, ela e o marido encontraram tudo "dourado e vermelho". E muita chuva e um frio já intenso. No casarão, "(...) em cada quarto os cobertores peludos envolvem o sono:/poderosos animais benfazejos, encarnados e negros", lembraria o poema "Madrugada na aldeia" (*Mar absoluto*). A hospitalidade da família de Fernando metamorfoseava cada refeição em um ritual de confraternização que chegava a durar em média uma hora e meia. Para o seu 33º aniversário, a sogra preparou-lhes um banquete à base de caldo verde, açordas, paios, presuntos, arroz de "múltiplos feitios", regados a "champanha nacional", mais uma mesa de frutas, e com uma

---

23) Cf. carta de Cecília Meireles a Armando Cortes-Rodrigues, 24 jun. 1946.

parte reservada à sua perdição: doces, muitos doces portugueses. Festa que se repetiria três dias depois, no aniversário de Fernando.[24]

Para escapar ao frio naquele casarão, com a máquina de escrever que levara do Rio de Janeiro, Cecília refugiava-se na cozinha, onde crepitava "a mais bela lareira" que, como carioca, jamais vira. Ali, parede-meia com um caramanchão com glicínias e parreiras de uvas, escreveu poemas, cartas aos amigos e, depois de algumas incursões até a aldeia, anotou centenas de quadras que recolheu do cancioneiro local. Coleção a que daria o título de "Cancioneirinho de Moledo da Penajóia" (até o fim da década de 90 ainda inédita). Chegou a preparar uma cópia das quadras, ilustrada por ela mesma, para ofertar a Fernanda de Castro, de modo a que delas a amiga pudesse dispor na obra dos parques infantis que vinha desenvolvendo em Portugal.

> "Moledo da Penajóia,
> no fundo da freguesia:
> à beira do rio é noite,
> por cima da terra é dia."[25]

Ali, também, a escritora esquematizou as três conferências que pronunciaria em dezembro em Lisboa.

A imagem de Penajóia revisitaria muitas vezes a escrita ceciliana, em poemas, cartas e crônicas.

"Sempre recordo com emoção uns dias passados em Moledo da Penajóia, velho lugar de Portugal, de que os textos já falam aí pelo século treze", anotou na crônica "Encontros", em que transcreve algumas das cantigas que então recolheu.[26]

> "Gostaria de tornar a morar naquele casarão de paredes enormes, com uma cozinha quase medieval, com glicínias escorrendo pelos caramanchões, tudo entre vinhedos, casebres, escadas de pedra onde avós catam piolhos aos netos e umas velhinhas seculares trazem de manhãzinha peixinhos do rio, tão transparentes como a própria água, queijinhos moles e jarros de leite."

escreveria, muitos anos depois daquela estada, ao poeta açoriano Armando Cortes-Rodrigues.[27]

---

24) Cf. cartas de Cecília Meireles a F. de Azevedo e a J. Osório de Oliveira, 6 nov. 1934.
25) Transcrita por João Alves das Neves, in *O Estado de S. Paulo*, 8 abr. 1989, Suplemento Cultura, p. 7.
26) In *Crônicas de viagem-1*, Rio de Janeiro, Nova Fronteira, 1998, p. 57.
27) Carta de Cecília Meireles a Armando Cortes-Rodrigues, 29 nov. 1946.

Na tarde de 10 de novembro, Cecília partiu com Fernando para a vizinha Lamego, onde conheceu a família da irmã dele, visitou os principais monumentos, como a matriz, o castelo e o museu, e compôs novos poemas. A seguir, deslocaram-se a Viseu, Porto e Viana do Castelo. Ao fim desse périplo, chegara a hora de voltar a Lisboa para as conferências. Uma delas, a convite dos estudantes, iria repetir na Universidade de Coimbra.

POESIA, EDUCAÇÃO E FOLCLORE

Depois do Norte, novamente Lisboa. A pedido de Cecília, Fernanda de Castro reservou desta vez à amiga e a Fernando um hotel na própria capital, em pleno Chiado (seria o Borges, vizinho ao café A Brasileira), de modo a facilitar compromissos, contatos e deslocamentos. É verdade que no Estoril havia uma orquestra "espiritual" que encantava a escritora, mas era hora de realizar as conferências previstas e programar a volta ao Brasil. Aguardava-se a chegada do Bagé, *outro navio do Lloyd Brasileiro, que, atrasado, só acabou partindo rumo ao Rio de Janeiro, levando Cecília e Fernando a bordo, em 21 de dezembro.*

As três conferências que a escritora fez naquele mês foram um sucesso — o que por certo ainda mais contribuiu para o florescimento do prestígio e da admiração que passaria a despertar entre os portugueses principalmente até a sua morte, em 1964. "A ilustre poetisa D. Cecília Meireles, que falou ontem na Biblioteca da Universidade, obteve um grande triunfo", era o título de extensa reportagem publicada em 15 de dezembro pelo Diário de Coimbra. *Já um colunista do* Diário de Lisboa, *depois de muito teorizar sobre a conferência enquanto gênero que demandava "qualidades viris" ("sobriedade, domínio da matéria, objetividade, submissão perante as idéias"), concluíra que a escritora brasileira, ao revelá-las, constituía uma "exceção". "[Ela] se esforçou por nos fazer conhecer o Brasil moderno, com os seus costumes e os seus movimentos de idéias", diria.*[1]

Outra articulista, depois de tê-la ouvido falar sobre a moderna poesia brasileira, afirmava que tinha Cecília "todos os predicados para ser uma admirável conferente: dicção clara, voz maleável e bem timbrada, rosto expressivo, completando uma inteligência viva e observadora, que se expressa com facilidade e singeleza". O artigo ainda chamava a atenção para o "vibrante sentimento" com que ela leu os poemas de seus confrades brasileiros, e ainda para os versos da

---

1) ALMEIDA, Viana de. "Cecília Meireles conferencista". *Diário de Lisboa*, 13 mar. 1935.

própria Cecília que foram apresentados pelo diretor do Secretariado de Propaganda Nacional, Antonio Ferro.[2] A imprensa lisboeta noticiou com destaque as conferências, referindo-se à primeira delas como acontecimento literário que vinha despertando *"o mais vivo interesse nos meios mais cultos da capital"*.[3]

* * *

Explicar retrospectivamente aos portugueses "a revolução ocorrida na literatura brasileira" desde o início dos anos 20 foi o objetivo manifesto da escritora carioca em sua conferência "Notícia da poesia brasileira", realizada na sede do Secretariado da Propaganda Nacional, no largo de São Pedro Alcântara, em Lisboa, na noite de 4 de dezembro de 1934 — e que seria reapresentada, dez dias depois, na Universidade de Coimbra (e por esta publicada, no ano seguinte, na forma de folheto).[4]

Revelando a mesma argúcia estética que, dez anos depois, e no sentido inverso, deixaria transparecer na organização e na apresentação da antologia *Poetas novos de Portugal*, Cecília foi também pioneira na divulgação junto ao público português de uma amostragem da poesia que vinha sendo feita por nomes então novos como, entre outros, Oswald de Andrade, Murilo Mendes, Carlos Drummond de Andrade, Raul Bopp, Augusto Meyer, Mário de Andrade ou Jorge de Lima — com estes dois, aliás, ela mesma tinha acabado de dividir uma página de poesia na revista carioca *Festa*.[5]

Não fora fácil à escritora reunir na Lisboa da época uma amostragem significativa da poesia modernista brasileira, apesar de alguns empréstimos do brasilianista José Osório de Oliveira. Assim, saindo do Hotel Borges, ela atravessou a praça Camões em busca dos livros que não estava conseguindo localizar, ali no consulado brasileiro, do outro lado da praça.

Hoje, "Notícia da poesia brasileira" emerge como um documento que, por sua vez, explica a leitura que Cecília, talvez o menos modernista dos grandes poetas brasileiros modernos, fazia daquele movimento, àquela altura ainda em pleno transcurso — e no qual já identificava "a reconstrução de uma autêntica fisionomia nacional". Ela começou por delimitar o contexto em que se deflagrou "a revolução" modernista:

---

2) CARVALHO, Maria de. "Cecília Meireles". *Diário de Lisboa*, 8 dez. 1934.
3) *Diário de Notícias*, Lisboa, 4 dez. 1934, primeira página.
4) Cecília Meireles, *Notícia da poesia brasileira*, Coimbra, Biblioteca Geral da Universidade / Cursos e Conferências de Extensão Universitária, 1935. [Os trechos transcritos basearam-se nessa edição.]
5) *Festa*, ano 1, n. 1 (2ª fase), jul. 1934, p. 3.

"Quase não havia mais que uma escola: o parnasianismo, e uma forma literária: o soneto. (...)
A forma contornava o assunto como um círculo mágico, infundindo-lhe um deslumbramento fatal." (...)

Examinaria, a seguir, "a passagem melancólica dos últimos simbolistas", com "seus caminhos obscuros e incompletos", pelos quais trilharam Eduardo Guimarãens e Ronald de Carvalho (justamente os dois únicos brasileiros que participaram da revista modernista portuguesa *Orpheu*),[6] Felipe de Oliveira e Álvaro Moreyra, Olegário Mariano e mesmo o Manuel Bandeira da estréia. Revisitaria ainda as recaídas parnasianas de Guilherme de Almeida ou Gilka Machado. Até chegar aos "arredores de 1920":

"Preocupações intensas de renovação, de arte moderna. O noticiário do estrangeiro. Viagens à Europa de após-guerra. Novidades esdrúxulas. Confusão de teorias. Adaptação de atitudes. Cópias medíocres de uns, aclimatação inteligente de outros. E explicações. Explicações dos 'ismos' de cada tendência. (...)"

Apresentou, então, o Mário de Andrade de *Paulicéia desvairada* e o seu "prefácio interessantíssimo", texto no qual se deteve prolongadamente e no qual identificou "brilho", "sátira" e "sobretudo inteligência". Na sua fala, Cecília já deixava prenunciar a empatia com Mário, que mais tarde transpareceu não apenas na correspondência que os dois vieram a trocar como no estudo, seguido de antologia, que ela organizou da obra do decano do Modernismo paulista, depois da morte deste.[7] Diante do público, em Lisboa, ela deu a seguinte interpretação ao "prefácio interessantíssimo":

"(...) Mário de Andrade definia de algum modo a ansiedade e a orientação de poetas sem manifesto, que não participavam mais, e muitos nem tinham chegado a participar nunca, do que então se chamava passadismo — embora também fugissem a pertencer, como ele mesmo o pretendia, a grupos que, investindo contra as prisões de determinadas escolas, armavam futuras prisões nos seus programas renovadores.
Mário de Andrade teve o mérito de não prometer nenhuma teoria definitivamente salvadora; o mérito de não pretender adeptos; o mérito de saber rir num momento em que tão facilmente se pode ficar indignado (...).

---

6) Cf. SARAIVA, Arnaldo. Op. cit.
7) *Cecília e Mário*. Nova Fronteira, Rio de Janeiro, 1996.

Isento de preconceitos, confessa (...) que se pode ser poeta moderno com temas antigos, e com temas eternos. (...)"

Cecília ainda leu um poema de *Paulicéia desvairada* ("Deus! Creio em ti! Creio na tua Bíblia!") antes de continuar seu giro pelo Modernismo, e também por outras obras de Mário. Passou pelo Manuel Bandeira de *Ritmo dissoluto* e de *Libertinagem,* por Tasso da Silveira, por Ribeiro Couto (e por sua "vaga música"),[8] até chegar a Oswald de Andrade, em cujas composições reconhecia uma "fisionomia especial" que inspirou a poesia brasileira daqueles últimos dez anos. Mas ela não ocultou a distinção que fazia entre as propostas estéticas de Mário e as de Oswald:

> "Seu mérito [das primeiras propostas de Mário] era acordar a própria poesia — Bela Adormecida numa floresta de lugares comuns — e, principalmente, não pretender formar discípulos. Pau Brasil, [o projeto de Oswald] ao contrário, foi uma poesia desejosa de viver e de fazer adeptos."

A escritora foi buscar no Rio Grande do Sul o "jovem talento" de Augusto Meyer e o "mistério amazônico" de Raul Bopp; e, no Nordeste, a "poesia da mais profunda alma brasileira", a de Jorge de Lima, do qual leu poemas de *O mundo do menino impossível* e de *Essa Nega Fulô.*

Dois nomes que viriam a se firmar entre os maiores poetas do Modernismo brasileiro, Carlos Drummond de Andrade e Murilo Mendes —que haviam estreado poucos anos antes —, Cecília classificou, naquela noite de 1934, entre os que "gostam de brincar com a vida, (...) que vêem a poesia irônica das coisas (...)"; e os colocou na categoria de "talentos que ainda não deram o que contém o seu poder".[9] Do primeiro, leu "Explicação" ("Meu verso é minha consolação/Meu verso é minha cachaça..."), e, de Murilo, "Hino do Deputado" ("Chora, meu filho, chora/ ai, quem não chora não mama") — uma paródia dos conhecidos versos de Gonçalves Dias.

"Dar notícias da poesia brasileira pareceu-me a melhor maneira de dar notícias do Brasil", diria depois Cecília ao *Diário de Lisboa,* que a chamou num artigo de "embaixatriz das letras". "Preferi apresentar uma antologia capaz de pôr o público em imediata comunicação com

---

8) Como se sabe, *Vaga música* seria o título do segundo livro da fase de maturidade de Cecília Meireles.

9) À época, Drummond publicara apenas *Alguma poesia* (1930) e preparava-se a edição de *Brejo das almas* (1934), enquanto de Murilo Mendes só fora editado *História do Brasil* (1932).

a sensibilidade e as intenções de cada autor", justificou. Por sugestão dela, o jornal lisboeta então transcreveu alguns dos poemas apresentados na conferência, nomeadamente de Mário de Andrade, Manuel Bandeira, Jorge de Lima, Raul Bopp, Augusto Meyer, Gilka Machado e Ribeiro Couto.[10] Conforme outra conferência, realizada anos depois, vê-se que Cecília Meireles tomava a si a divulgação de poetas, fossem brasileiros ou estrangeiros, contemporâneos seus ou de outras épocas, como cumprimento de um "dever de admiração e coleguismo":

> "(...) na verdade somos muitos. E é bom que sejamos muitos. Cada poeta é, no mundo, a grande voz que exprime a maneira de ser, de sentir e pensar de seu povo",

afirmou em um texto ainda inédito sobre a poesia brasileira contemporânea. Entretanto, sempre preferiu calar-se sobre a sua própria poesia.

* * *

A segunda conferência, sobre o folclore negro no Brasil, teve o título de "Batuque, Samba e Macumba" e foi apresentada na tarde de 17 de dezembro no Clube Brasileiro. A fala foi ilustrada com os desenhos, pintados a aquarela, da própria poeta sobre os rituais e costumes da população de origem africana no Brasil. Eram o resultado dos "estudos de gesto e de ritmo", relacionados principalmente ao Carnaval brasileiro, que ela realizara entre 1926 e 1934. Depois de ter visto os desenhos ainda no Rio, José Osório notaria que, se o folclore não teve acesso à poesia de Cecília, "aproveitaram-no os olhos da pintora".[11]

Naquela época pré-televisiva, o tema devia causar uma grande curiosidade entre os europeus — e as aquarelas ficaram expostas à visitação pública, no Clube Brasileiro, durante três dias. A poeta ia explicando à platéia que o batuque e o samba "representam, certamente, restos de rituais primitivos. O batuque certamente advirá do ritual de adestramento masculino para as lides de guerra; seus movimentos são martelados e secos, e a coreografia consta da marcha cadenciada, ladeando a roda que sustenta a música com cânticos e instrumentos. (...) Do batuque derivou-se a roda de 'capoeiragem' que vem a ser uma espécie de 'jiu-jitsu', de efeitos muito mais extraordinários, na opinião dos entendidos.(...) O samba (...) é,

---

10) *Diário de Lisboa*, Suplemento Literário, n. 2, 7 dez. 1934.
11) In *Diário de Lisboa*, 9 out. 1934.

naturalmente, sobrevivência do ritual de casamento, dado o ar contidamente erótico que conserva".[12]

Ressalvava ainda que, dentro do Carnaval carioca da época,

> "(...) inegavelmente licencioso e grosseiro, como em toda parte, nas expansões das pessoas civilizadas — o Carnaval dos negros guarda um aspecto único de respeito, elegância e, digamos, mesmo distinção artística espantosa".[13]

Ao falar sobre a macumba, lembrou um dos "mais interessantes poemas" de Jorge de Lima, "Diabo brasileiro", e outro, de Manuel Bandeira ("Macumba de pai zusé"). Para a seguir mencionar o objetivo de, nos casos "mais graves, causar o mal" daquele ritual:

> "O que há de verdade na macumba, não sei. Há tanta coisa mal estudada neste mundo! As virtudes das plantas, principalmente da flora tropical, estão longe de ser conhecidas. (...)"[14]

Em 1935, "Batuque, samba e macumba" sairia como separata da revista *Mundo Português*, de Lisboa, com alguns dos desenhos da poeta reproduzidos ao final, em preto e branco.

* * *

Na tarde de 18 de dezembro, Cecília apresentou a conferência "O Brasil e sua obra de educação", na Faculdade de Letras de Lisboa. Diante de uma platéia em que se destacavam intelectuais como o francês Pierre Hourcade — tido como o primeiro pesquisador de língua estrangeira a estudar e a divulgar Pessoa, e que anos depois a lírica carioca classificaria como "espécie de irmão espiritual dessa brilhante plêiade de novos poetas portugueses"; o ainda estudante Hernani Cidade e Mário de Albuquerque, este então responsável pela cadeira de Estudos Brasileiros da faculdade.[15]

A poeta foi apresentada à assistência pelo diretor da faculdade, João da Silva Correia. Embora a própria Cecília lhe tivesse dito que considerava aqueles versos "uma velharia", Silva Correia leu sucessivas estrofes do seu segundo livro, *Nunca mais*, publicado onze anos antes, para depois

---

12) Meireles, Cecília. *Batuque, samba e macumba*. 2. ed. Rio de Janeiro, Funarte/ Instituto Nacional do Folclore, 1983.

13) Idem, ibidem.

14) Idem, ibidem.

15) Cf. *Diário de Lisboa*, 13 mar. 1935.

acrescentar: "Esta espiritual artista da Renúncia é [também] uma robusta educadora da ação". E ainda citou trechos de alguns dos mais de oitocentos artigos sobre o assunto que a poeta escrevera para a *Página de Educação* que editou, no período 1930-33, na imprensa do Rio de Janeiro, como uma amostragem prévia da sua filosofia educacional.[16] Parte dessa filosofia ela já expusera na introdução da tese escrita nos anos 20, *O espírito vitorioso*, cuja segunda parte é dedicada à lírica de língua portuguesa dos dois lados do Atlântico, desde Camões.

Na palestra daquela tarde, Cecília explicaria ao público que a "fisionomia mais nítida" do Brasil da época encontrava-se na área da educação. Partidária da universalização do ensino de qualidade também como instrumento de justiça social e crítica contumaz da cultura do medalhão, iniciou com uma análise, que viria a ser considerada "dura", das distorções que em seu país imperavam até meados dos anos 20:

> "Durante longos anos, bacharéis e doutores multiplicaram-se numa copiosa safra anual. O diploma resolvia tudo. A conquista do grau não representava já uma conclusão de estudos úteis, mas o meio mais fácil de justificar pretensões a cargos que o mecanismo político distribuía generosamente (...) num conchavo prévio para todas as cumplicidades posteriores."[17]

Para, então, destacar a reforma empreendida desde 1927 por Fernando de Azevedo, Anísio Teixeira e outros intelectuais brasileiros no sentido de fortalecer o ensino fundamental e estendê-lo pela base da pirâmide social.

> "O Brasil encontrou, desde há alguns anos, uma fase construtiva que excede o interesse passivo da tradição acumulada. (...)
> A grande obra que um pequeno grupo de homens de coragem empreendeu despertou [o Brasil] da rotina em que se iam desfalecendo os seus poderes de terra jovem, sacrificada pela mentalidade estacionária e até retrógada de sucessivas gerações administrativas. (...) Por ter uma base de gratuidade, obrigatoriedade, laicidade e coeducação, a reforma garantia a estabilidade social. O ensino que, sendo gratuito, podia e devia ser obrigatório, salvava a criança precocemente aproveitada para trabalhos inconciliáveis com o seu desenvolvimento biológico; a laicidade escolar era imprescindível num país em que todos os cultos se respeitam."[18]

---

16) Cf. *Revista da Faculdade de Letras*, Lisboa, 4(1/2), 1937, pp. 328-334.
17) Cf. excertos publicados pelo *Diário de Lisboa*, 18 dez. 1934, e pelo *Diário de Notícias*, 19 dez. 1934.
18) Idem.

É o caso de se lamentar que, principalmente nas décadas que sucederam à morte de Cecília Meireles, ocorrida em 1964, o cenário educacional brasileiro tenha voltado a se deteriorar continuamente e, à entrada do século XXI, ainda permaneça tão distante — especialmente quanto à questão da qualidade — das metas propostas pelas reformas pregadas por Fernando de Azevedo, Anísio Teixeira e apaixonadamente defendidas por ela própria.

* * *

No Brasil e, posteriormente, em muitos outros países, Cecília continuaria a atividade de conferencista até meses antes de morrer. Mais de cinqüenta desses seus trabalhos foram rastreados no final da década de 90, por ocasião da organização de sua obra em prosa. Vários deles abordam a literatura e, principalmente, a poesia portuguesa, e foram pronunciados, sobretudo no Brasil, ao longo de várias décadas — como é o caso das conferências sobre Camões, Antero de Quental — de quem traçou um comovente "retrato ideal" em 1942, ano de seu centenário —, Eça de Queiroz — que começou a ler ainda menina —, Júlio Dinis, Aquilino Ribeiro — que viria a saudar em maio de 1952, no Rio de Janeiro. Mesmo "Evocação lírica de Lisboa" foi concebida originalmente como conferência, em 1947. A primeira palestra da escritora abordando temas lusíadas terá sido "Saudação à menina de Portugal", lida em agosto de 1930, no Gabinete Português de Leitura do Rio de Janeiro. A mais extensa deve ter sido um amplo painel sobre a poesia portuguesa moderna, pronunciada ainda nos anos da II Guerra Mundial, a convite da Fundação Lopes, no Rio.

Nesse texto, a escritora revelava apreensão com a sorte de seus amigos poetas do outro lado do Atlântico, naqueles anos de conflito bélico e de recrudescimento da repressão salazarista:

> "(...) falar dessa poesia é recordar não apenas os poemas que amo, mas os poetas meus amigos que os escreveram, que os sentiram, que eu sei como os viveram — e cuja voz, neste momento do mundo, separados por mares tão tristes, já não recebo senão através de sua mensagem lírica, sempre mais rara e difícil de chegar, por muito que seja a poesia coisa alada (...), expressão eterna de Ariel. (...)"[19]

Por aquela época, Cecília Meireles preparava a antologia *Poetas novos de Portugal*, que viria a ser considerada a primeira consagração estrangeira à poesia modernista lusíada, encarada com desconfiança pelo regime de Salazar.

---

19) Conferência inédita sobre a poesia portuguesa.

PESSOA: HISTÓRIA
DE UM (DES)ENCONTRO

Naquela noite fria e chuvosa de dezembro, o A Brasileira do Chiado ia ficando enevoado de fumaça. Mais um pouco, faria duas horas que ali estavam à espera. Faltando pouco mais de dez dias para a volta ao Brasil, surgira, afinal, a oportunidade de conversar com aquele extraordinário poeta, cujos poemas vinha lendo, nas revistas portuguesas que recebiam em casa, desde a década de 20.

Fernando sugeriu que desistissem. Ela ainda tentaria persuadi-lo a aguardar um pouco mais. Mas acabou concordando em retirar-se.[1]

De volta ao hotel, encontraram na recepção um pequeno volume:

"A Cecília Meyrelles, alto poeta, e a Correia Dias, artista, velho amigo e até cúmplice (vide 'Águia' etc...), na invocação de Apolo e de Atena,

Fernando Pessoa

10-XII-34."[2]

Era um exemplar do recém-aparecido *Mensagem,* um dos primeiros que foram autografados pelo poeta da "Tabacaria" — traz a mesma data dos exemplares oferecidos à ex-namorada Ofélia Queiroz e ao sobrinho desta, e amigo dele, Carlos Queiroz.[3]

Cecília foi provavelmente a única brasileira a receber e a primeira a ler o livro, chegando a opinar, tempos depois, que aquele "volumezinho" era "precisamente o que menos caracteriza o autor".[4] Teria ficado decepcionada com o desencontro? O único vestígio da época é o lacônico cartão de visita

---

1) Fragmento de cena reconstituída a partir de cartas de Cecília Meireles e de depoimento de Heitor Grillo, segundo marido da escritora, transcrito in SARAIVA, Arnaldo. *O modernismo brasileiro e o modernismo português.* Op. cit., pp. 213-214.

2) Dedicatória transcrita in SARAIVA, Arnaldo. Op. cit., (DI), p. 164

3) In CUNHA, Teresa Sobral e SOUSA, João Rui de (org.). *Fernando Pessoa, o último ano.* Lisboa, Biblioteca Nacional, 1985, pp. 35-36.

4) In MEIRELES, Cecília (pref. e org.). *Poetas novos de Portugal.* Op. cit., p. 38.

hoje depositado no Espólio de Fernando Pessoa na Biblioteca Nacional de Lisboa:

"Cecília Meireles — cumprimenta e agradece."

A essas palavras, com certeza posteriormente, Fernando Correia Dias acrescentou a sua assinatura (a concordância dos verbos não se alteraria). Correu depois pelos meios literários que a verdadeira razão da descortesia de Pessoa com a jovem poeta, além de sua timidez notória, era de ordem transcendental. "Os dois não deveriam se encontrar", teriam dito os astros ao gênio dos heterônimos, na versão do segundo marido de Cecília, Heitor Grillo, depois da morte dela, em 1964.[5]

"Como eu lamento não o ter conhecido!", escreveria ela, entretanto, mais de dez anos depois do desencontro, ao poeta açoriano Armando Cortes-Rodrigues, que fora amigo e correspondente de Pessoa na época de *Orpheu.* "Chegamos a marcar um encontro (como aqueles das cartas: 'certa noite, num café...') mas esperei-o em vão. Depois, mandou-me o seu livro, e depois, mais nada."[6] Lembre-se que os dois últimos vocábulos constituem o último verso de "Motivo", um dos mais conhecidos poemas cecilianos:

> "Sei que canto. E a canção é tudo.
> Tem sangue eterno a asa ritmada.
> E um dia sei que estarei mudo:
> — mais nada."
>
> *[Viagem]*

Parece que os astros puseram-se mesmo contra o encontro físico dos dois grandes poetas.

Quando Cecília Meireles chegou a Lisboa naquele outono de 1934, Pessoa absorvia-se com a publicação de *Mensagem* e a inscrição do livro no Concurso de Poesia do Secretariado de Propaganda Nacional. A imprensa lisboeta dera ampla cobertura à chegada da poeta — notícias que não devem ter passado despercebidas a Pessoa. Tanto por se tratar de uma poeta, e do Brasil, quanto por ela estar acompanhada do antigo ilustrador e capista da revista *A Águia,* Fernando Correia Dias.

O casal ainda nem desembarcara e José Osório de Oliveira assinava um texto no *Diário de Lisboa* que provavelmente foi lido por Fernando Pessoa: "Viajantes ilustres — A poetisa do Brasil — Cecília Meireles chega amanhã

---

5) In SARAIVA, Arnaldo. Op. cit, p. 214.
6) Carta de Cecília Meireles a Armando Cortes-Rodrigues (12 mar. 1946).

a Lisboa", abria o título em meia página (na realidade, a chegada aconteceria dois dias depois, em 12 de outubro). "Ela é quase, de resto, portuguesa de adoção, porque escolheu um artista português para companheiro de sua vida", escrevia Osório. Reconhecia-lhe o "talento multiforme", transcrevia-lhe ainda alguns versos de sua primeira fase e comentava sobre a "pouca" brasilidade de sua poesia: "Não tendo nunca saído de seu país e vivendo no Rio, que, apesar de grande capital moderna e cosmopolita, contém tudo o que há no Brasil de mais tipicamente brasileiro, esta poetisa escreve como se vivesse na Europa. Na Europa, não. O país em que vive o seu espírito não existe em parte alguma. É um país de sonho, vago, impreciso, indefinido como os dos contos de fadas". O ensaísta a seguir ponderava, acertadamente, que se a poeta assim escrevia, a mulher era "bem brasileira, bem da América dinâmica, cheia de curiosidade por tudo que é vivo e humano".[7]

Teria Pessoa lido, anteriormente, o que o mesmo Osório, no ensaio-conferência "Literatura brasileira", escrevera sobre essa jovem poeta? "Uma poetisa quase sem palavras. Uma poetisa apenas música. Uma poetisa melodia. Uma poetisa Chopin", dissera de seu segundo livro, *Nunca mais*...[8] É quase certo que sim, uma vez que o volume onde se inseria essa apreciação foi encontrado na sua biblioteca.

Ou, então, teria sido Carlos Queiroz (sobrinho da ex-namorada Ofélia e considerado "filho espiritual" de Pessoa) a comentar com ele sobre a autora daqueles versos que, desde 1930, tanto o haviam impressionado?[9] Ou fora, afinal, Antonio Ferro — "verdadeiro homem de cultura" que, naquele país de tão intensa valorização literária, Salazar tinha tido a "inteligência" de fazer intermediar as relações do governo com escritores e artistas[10] — a mencionar ao autor de "Tabacaria" sobre a visita da poeta carioca? Afinal, fora Ferro quem, naquela altura, propusera a Pessoa participar com *Mensagem* do concurso que o Secretariado de Propaganda acabava de instituir.[11]

Quanto a Cecília Meireles, é certo que desembarcou em Lisboa sabendo bem quem era o ainda pouco editado Pessoa. A comprovação está no fato de que, em sua tese *O espírito vitorioso,* cuja primeira edição saiu no Rio em 1929, ela transcrevera excertos da "Ode triunfal", de Álvaro de Campos.[12]

---

7) *Diário de Lisboa*, 9 out. 1934.
8) OLIVIERA, José Osório de. *Literatura brasileira*. Op. cit., transcrito in SARAIVA, Arnaldo. Op. cit., DD, p. 103.
9) In *Diário de Lisboa*, Suplemento Literário, 21 dez. 1934.
10) BRÉCHON, Robert, *Estranho estrangeiro*. Op. cit., p. 535.
11) Idem, ibidem, pp. 543 e 623.
12) In MEIRELES, Cecília. *O espírito vitorioso*. Rio de Janeiro, Anuário do Brasil, 1929, pp. 119-120.

Foi provavelmente a primeira vez que se imprimiu a poesia de Pessoa no Brasil.

Quem fez a ponte deve ter sido Fernando Correia Dias, que conhecera Pessoa nos tempos de *A Águia*. O poeta dos heterônimos chegou a anotar em diário o dia em que conheceu o xará:

> "Vindo pela Brasileira, fui apresentado pelo Lúcio de Araújo, que ali estava, ao Albino de Meneses e ao Correia Dias, que estavam na exposição do Almada." (2 de abril de 1913)[13]

Parece provável que, quando seguiu para o Brasil, em 1914, Fernando também tenha levado na bagagem exemplares de revistas onde havia colaborado, como *Rajada* e *A Águia*, alguns dos quais continham algumas das primeiras colaborações de Pessoa — como a célebre série de artigos intitulada "A nova poesia portuguesa sociologicamente considerada", em que vaticinava o surgimento de um super Camões, que afinal seria ele próprio. No Rio, Fernando deve ter continuado a receber essa e outras revistas da época, entre as quais, já no final dos anos 20, *Presença*. Afinal, ele deixara em Portugal amigos e companheiros de trabalho, como o jornalista e editor Álvaro Pinto, secretário de *A Águia,* com quem voltaria a colaborar quando da transferência deste para o Rio — e também, por sinal, na fase brasileira da própria *A Águia*.

Seja como for, em 11 de outubro de 1934, véspera da ancoragem do *Cuyabá*, navio do Lloyd Brasileiro, no cais de Alcântara, Pessoa, tido também como eficaz prestidigitador do acaso, escrevia o poema "Na véspera de nada":

> "Na véspera de nada
> Ninguém me visitou.
> Olhei atento a estrada
> Durante todo o dia
> Mas ninguém vinha ou via,
> Ninguém aqui chegou. (...)"
> [*Poesias inéditas* n. 827]

No dia 12 de outubro, o *Diário de Lisboa* estampava uma bela foto de Cecília e Fernando ainda a bordo, acompanhada de uma entrevista dela, em que comentava sobre a missão jornalística daquela viagem (ela como cronista, o marido como ilustrador). Respondendo às perguntas do

---

13) PESSOA, Fernando. *Páginas íntimas e de auto-interpretação*. Lisboa, Ática, 1966, pp. 56-57.

entrevistador, ela falava também de seu próprio trabalho de artes plásticas (em torno do folclore negro brasileiro) e o do marido, que pintara quadros a bordo, por vezes utilizando tampas de caixas de charuto como suporte, durante a travessia do Atlântico. Falava ainda da reforma da educação, da qual vinha participando no Rio, tema que abordaria numa das conferências que realizou em Lisboa — pela qual recebeu a ressalva, no Portugal salazarista, de defender posições um tanto avançadas demais para a época. A nenhuma delas, nem mesmo a "Notícia da poesia brasileira", realizada em 4 de dezembro, quando Cecília apresentou pioneiramente poemas de Mário de Andrade, Manuel Bandeira, Carlos Drummond, Raul Bopp, Murilo Mendes ou Jorge de Lima, entre outros, compareceu Pessoa. Contudo, é provável que este tenha lido o excerto daquela palestra que o *Diário de Lisboa* publicou na edição de 7 de dezembro, com a transcrição de poemas daqueles e de outros autores brasileiros, tais como "Toada do Pai do Mato", de Mário, ou "Andorinha" e "Poema de finados", de Bandeira.

É bem possível que, durante o período de quase sessenta dias que passaram na capital portuguesa, Cecília e Fernando Correia Dias tenham estado perto do poeta de *Mensagem*. Na prosa poética "Evocação lírica de Lisboa", ela resgataria o seu itinerário predileto na cidade — parte dele denotadamente comum ao poeta português:

> "Mas tu preferes a penumbra dos cafés sonolentos, em cujas mesas todos os poetas da Lusitânia fincam algum dia o cotovelo e, fronte apoiada ao punho, criam aqueles sonhos que eles mesmos não governam (...)."[14]

Em 14 de dezembro, Cecília, que mal completara 33 anos, entrava sob uma salva de palmas no salão nobre da Biblioteca Geral da Universidade de Coimbra para pronunciar a mesma conferência "Notícia da poesia brasileira", a convite dos estudantes. À noite, depois de ter-se reunido com o diretor da *Presença*, João Gaspar Simões, o poeta Afonso Duarte e outros intelectuais no Hotel Astória, à margem do rio Mondego, onde esteve hospedada, ouviria na universidade um concerto em sua homenagem.[15]

Nesse mesmo dia, o terceiro número do Suplemento Literário do *Diário de Lisboa* circulava com três poemas de *Mensagem,* ilustrados por Almada Negreiros, dividindo a página com a entrevista "Dez minutos com Fernando Pessoa". O entrevistador fora encontrar o poeta — "friorento e encharcado desta chuva cruel de dezembro" — no café Martinho de Arcada, quase à

---

14) *Meireles*, Cecília. "Evocação lírica de Lisboa". In *Crônicas de viagem-1*. Rio de Janeiro, Nova Fronteira, 1998, pp. 233-234.
15) Cf. *Diário de Coimbra*, 15 dez. 1934.

beira do Tejo, e abria o texto num tom descritivo que chega a ser constrangedor: "A calva socrática, os olhos de corvo de Edgar Poe e um bigode risível, chaplinesco...". Depois, respondendo a meia dúzia de perguntas, Pessoa abordava (laconicamente) *Mensagem*. (Uma semana depois, o quarto número daquele suplemento traria o poema ceciliano "Medida da significação", ao lado do já mencionado comentário de Carlos Queiroz.)

Cecília e Fernando Correia Dias já não estavam em Portugal quando saiu o prêmio Antero de Quental, do concurso de poesia do Secretariado, que deu o segundo lugar a Pessoa, ficando o primeiro com um autor que por certo hoje ninguém mais lê.[16] Em julho de 1935, aparecia o número 45 de *Presença* com três poemas de Cecília na seção "Poetas do Brasil".

> "Deixa-te estar embalado no mar noturno
> onde se apaga e acende a salvação. (...)
>
> Deixa-te balançar entre a vida e a morte, sem
> nenhuma saudade.
> Deslizam os planetas, na abundância do tempo
> que cai.
> Nós somos um tênue pólen dos mundos..."

dizia um deles, sob o título "Amor" [em *Viagem* apareceria como "Êxtase"].

Quatro meses depois, a um intervalo de apenas onze dias, os dois Fernandos desapareciam na "curva da estrada".[17]

* * *

No Brasil, dez anos depois daquela passagem pela terra de Pessoa, já consagrada como grande poeta — consagração que começou quando, ao fim de cerrada polêmica, ela obteve, em 1938, com *Viagem*, o primeiro lugar num concurso da então ultramasculina Academia de Letras, cuja facção mais conservadora tendia a premiar um outro autor, que hoje por certo ninguém mais lê; e, no ano seguinte, esse livro seria impresso na mesma tipografia Império onde se confeccionou *Mensagem* —, Cecília seria a grande divulgadora do confrade que não conseguiu conhecer

---

16) O Grande Prêmio foi atribuído ao frade franciscano Vasco Reis.
17) A mesma página do *Diário de Lisboa* (29 nov. 1935) que trazia a entrevista de Álvaro Pinto sobre Fernando Correia Dias ("Um poeta da beleza") inseriu um excerto de artigo de Almada Negreiros sobre Fernando Pessoa ("O poeta português").

pessoalmente, antecipando-se, segundo muitos reconheceram, até mesmo ao seu pleno reconhecimento pelos portugueses.[18]

A Pessoa ela reservou o espaço mais extenso na antologia *Poetas novos de Portugal*, que organizou e prefaciou a pedido do escritor e historiador Jaime Cortesão, tendo selecionado, em meio a revistas dispersas que teve o cuidado de reunir aqui e ali, treze poemas ortônimos, mais a "Ode" de Ricardo Reis, o oitavo segmento de "O guardador de rebanhos" de Caeiro e seis poemas de Álvaro de Campos. Lembre-se que à época, em plena guerra, Luís de Montalvor e Casais Monteiro mal haviam iniciado a publicação da obra poética pessoana pela Ática: "A antologia organizada por Cecília Meireles foi a primeira consagração, com um olhar de fora, da poesia modernista de Portugal", diria, muitas décadas depois, o crítico Eduardo Lourenço. Teria sido a partir de *Poetas novos de Portugal* que Lourenço, ainda muito jovem, tomou conhecimento da obra não apenas de Pessoa, mas também de Sá Carneiro, Miguel Torga ou José Régio.[19]

Ainda em 1937, Carlos Queiroz escrevia à poeta carioca: "Você estranha que a obra do Fernando Pessoa ainda esteja inédita, mas eu estranho ainda mais que [Você] não publique mais freqüentemente os seus poemas. Digo isso por causa das facilidades editoriais serem (forçosamente) maiores no Brasil do que aqui. É Você que não quer? Queira, Cecília! A sua mensagem (palavra quase estragada à força de estar em moda) é, quanto a mim, mais digna de ser dada ao público do que a tantos! (...)".[20] Em novembro de 1938, Cecília e Pessoa reuniam-se na mesma edição 53/54 de *Presença*, que trazia composições póstumas deste e uma coleção de sete poemas da poeta carioca, precedida de breve apresentação de José Régio.

Não deve ter sido fácil a Cecília Meireles recolher, durante a guerra, aquelas publicações portuguesas para a organização de *Poetas novos de Portugal*, de modo a conseguir oferecer ao leitor brasileiro uma amostragem significativa da produção dos modernistas lusíadas, conforme se depreende de sua correspondência de 1943 a Jaime Cortesão. Alguns poemas figuravam em números de revistas como *Presença*, *Cadernos de Poesia*, *Revista de Portugal* que ela já não possuía (muita coisa se perdera na mudança de endereço ocorrida em 1935) e que não lhe foi fácil conseguir emprestados. Em outra missiva, a escritora referia-se, com a habitual modéstia, ao seu próprio texto introdutório:

---

18) Muitos portugueses, além de Arnaldo Saraiva e Eduardo Lourenço, o reconheceram.
19) Em conversa com esta autora em 2 de maio de 2000, em São Paulo.
20) Carta de Carlos Queiroz a Cecília Meireles, datada de 31 maio 1937, cuja cópia se encontra no acervo Darcy Damasceno, Biblioteca Nacional do Rio de Janeiro.

"(...) o prefácio pouco importa: mais importam os poemas que, esses sim, eu gostaria de ver compreendidos e amados".[21]

Ainda por uma carta a Jaime Cortesão, fica-se sabendo que, dos originais preparados por Cecília, haviam desaparecido as três páginas com o oitavo poema de "O guardador de rebanhos". Ela chegou a temer que o sumiço, num Brasil hegemonicamente influenciado por um catolicismo arquiconservador, se devesse ao caráter herético do poema. Para reinseri-lo, teve de solicitar outra vez emprestado o exemplar de *Presença* no qual tivera acesso àqueles versos.

Em seu prefácio, Cecília classificou Pessoa como

"(...) possuidor de qualidades líricas tão raras que dulcificam, eterizam a língua em que escreveu, tornando-a um instrumento de delicadeza nova, sensível ao mais abstrato toque."[22]

— acrescentando, mais adiante, a seu respeito:

"Por esquisitas determinações do Fado, [Pessoa] não realizou os projetos expostos na famosa carta a Casais Monteiro, de publicar no fim de 35 um grande volume com seus pequenos poemas. Por essa ocasião, devia ele mesmo partir-se a outros mistérios, para desconsolo dos que o amavam, e luto das letras portuguesas."[23]

Em 1939, Mário de Andrade chegou a dedicar o fragmento de um parágrafo a Fernando Pessoa, no artigo "Uma suave rudeza".[24] Seria, contudo, Cecília Meireles "efetivamente o primeiro escritor brasileiro a escrever — e com admirável penetração — sobre o poeta português", observou Arnaldo Saraiva.[25] Até mesmo os concretistas brasileiros costumam render esse tributo à poeta de *Mar absoluto*. E, com Murilo Mendes e Lúcio Cardoso, seria ela um dos *Três poetas brasileiros apaixonados por Fernando Pessoa*, segundo um estudo dos anos 80.[26]

* * *

---

21) Cartão de Cecília Meireles a Jaime Cortesão, 24 ago. 1943, e carta de 19 out. 1943. Biblioteca Nacional de Lisboa.
22) MEIRELES, Cecília (org. e pref.). *Poetas novos de Portugal*. Op. cit., p. 38.
23) Idem, ibidem, p. 45.
24) In ANDRADE, Mário de. *O empalhador de passarinho*. Op. cit.
25) SARAIVA, Arnaldo. Op cit., v. 1., p. 213.
26) Edson Nery da Fonseca, in *Colóquio Letras*, n. 88, nov. 1985.

Toda essa história de encontro e desencontro contribuiu por certo para que alguns críticos identificassem paralelismos com Pessoa na poesia ceciliana. Alguns deles, cuidadosos, procuraram demonstrá-los com argumentação consistente. É o caso de Francisco Cota Fagundes, que estudou "semelhanças temáticas e estilísticas" entre os dois grandes poetas.[27] Ou da professora brasileira Nelly Novaes Coelho, que, em interessante texto sobre "as circunstâncias biográficas que os teriam aproximado pelo espírito", investiga as "vibrações pessoanas" na poesia de Cecília.[28] Houve também críticos que, apressados (alguns hoje esquecidos), não se deram ao trabalho desse cuidado de efetiva sondagem.

A leitura de fragmentos da correspondência de Cecília permite depreender o quanto ela era governada por uma honestidade visceral, que, com freqüência, se aliava a um verdadeiro pavor do plágio. Assim, em 1947 ela confessaria a um escritor amigo que, ferida com as palavras de um desses críticos (conhecido também por não apreciar Machado de Assis...), chegaria ao ponto de desistir de ler Pessoa:

> "Sabe V. uma das ruindades que comigo fez o Agripino Grieco, um dos nossos críticos, não sei por que meu inimigo? – disse num jornal (e deve andar em livro) que eu principiei imitando o Pereira da Silva, um poeta que me achava parecida com Mallarmé (veja V.!...) e que agora 'simiescamente' imitava o Fernando Pessoa. Devo confessar-lhe que só conheci do Pessoa, até hoje, o que vem na 'Antologia' [por ela organizada] (e que foi catado daqui e dali) e a 'Mensagem', onde ele teve a bondade de me escrever uma dedicatória muito amável. Fiquei tão impressionada com isso que não posso abrir os livros do Fernando. Em Lisboa não o tinha conseguido avistar. Mandou-me o livro, e logo depois morreu. Quando a obra póstuma apareceu por aqui, comprei-a, como preito, mas não a abri.
>
> Agora, o Montalvor tornou a mandar-ma, e não a abrirei. Pode ser, quem sabe?, que o tal crítico tenha razão. Mas será interessante que ao menos V. saiba disto: que eu praticamente não conheço o Fernando."[29]

Talvez isso explique, até mesmo, a maneira um tanto evasiva com que Cecília agradeceu a Maria Alíete Galhoz quando esta lhe mandou a *Obra poética* de Pessoa que organizara para a editora de José Aguilar.[30] O crítico

---

27) "Fernando Pessoa e Cecília Meireles: a Poetização da Infância", in *Persona*, n. 5, abr. 1981.

28) "Cecília Meireles e Fernando Pessoa", in *Comunidades de Língua Portuguesa*, n. 9, jan.-jun. 1996.

29) Carta de Cecília Meireles a Armando Cortes-Rodrigues (18 mar. 1947).

30) Cf. conversa de Maria Alíete Galhoz com esta autora (ago. 1998, Biblioteca Nacional de Lisboa).

a que se referia Cecília não terá compreendido que seu horizonte lírico ia muito além da poesia de sua língua materna ou de sua contemporaneidade.

Por certo não será difícil encontrar alguma dicção comum em trechos de ambos os discursos poéticos, conforme reconheceram Fagundes ou Novaes Coelho. Também parece impossível que a descoberta da poesia pessoana — ainda que numa sucinta amostragem — não tenha tido impacto sobre a jovem Cecília. O leitor atento, porém, não deixará de notar diferenças fundamentais entre os dois, a começar pela própria concepção de lirismo. Nada mais diferente, por exemplo, do que a evocação da infância na "Ode marítima", de Álvaro de Campos, e em "Desenho", de *Mar absoluto*, para ficar apenas em dois poemas de Pessoa e Cecília mencionados por Cota Fagundes. Num recente estudo comparativo entre *Mensagem* e o *Romanceiro da Inconfidência*, a pesquisadora brasileira Ana Maria Domingues de Oliveira minuciosamente inventariou muito mais diferenças do que semelhanças entre ambas as obras, principalmente quanto às respectivas visões de mundo e da história. A começar pelo eixo da ótica dos dois poetas. Afinal, em *Mensagem* Pessoa evocou os feitos heróicos de um império, enquanto, em seu monumental *Romanceiro,* Cecília recuperou o frágil movimento revolucionário que ousou tramar contra aquele mesmo império.[31]

Mas o caminho dos dois poetas continuaria a se cruzar em outros contrapontos e coincidências. Embora Cecília tenha sido muito mais editada em vida, a obra de ambos continuou a ser recolhida aos poucos, muito tempo depois de suas mortes. Múltipla também, como já reconhecia José Osório de Oliveira nos anos 30, Cecília nunca se preocupou em arquivar sua vasta obra em prosa, que acabou desgarrada por jornais e revistas brasileiros e estrangeiros de várias décadas. Apenas em 1998, graças ao trabalho de organização de seus acervos, empreendido por sua família sob a coordenação de uma das filhas, a atriz Maria Fernanda, a quase totalidade de suas crônicas, ensaios, conferências, estudos e prosa poética, afinal reunidos, começou a sair em livro, numa coleção à época projetada em 23 volumes.

Certa vez, perguntaram a Cecília sobre a que ponto teria sido influenciada por Pessoa. Era 1946 e, incluindo uma menção à origem açoriana comum de ambos (a mãe e os avós maternos do poeta português nasceram na Ilha Terceira, enquanto a mãe e os avós maternos dela eram originários da Ilha de São Miguel), foi a seguinte a sua resposta:

---

31) Ver OLIVEIRA, Ana Maria D. de. *De Caravelas, Mares e Forcas: Um estudo de* Mensagem *e* Romanceiro da Inconfidência. Tese de doutorado policopiada, apresentada à FFLCH/USP, 1994.

"Eu creio bem que intimamente nos pareçamos, como se parecem as pessoas de origem comum. Não só descendemos ambos de açorianos, o que é uma psicologia especialíssima, como tivemos ambos grandes mergulhos na literatura inglesa. Ele até escreveu em inglês.

E esses mergulhos já vinham, a meu ver, tanto nele como em mim, por uma necessidade que se poderia chamar talvez de 'insular' — um sentido de separação, de ausência, de mar em redor... E por todos esses motivos, você sabe que os açorianos, os irlandeses, os celtas são criaturas tão de sonho que estar acordado já é um grande sacrifício...

Tanto ele como eu nos aproximamos de investigações místicas e mágicas do mundo. Ele chegou mesmo a ser astrólogo de renome, segundo ouvi dizer. Eu, apenas fiquei pasmada diante das feitiçarias do mundo. (...)"[32]

---

32) Carta de Cecília Meireles ao ator Ruy Affonso, 17 set. 1946.

CRÍTICOS E
NOVOS AMIGOS PORTUGUESES

Depois de dois meses e meio em solo português e três semanas de mar, Cecília e Fernando desembarcaram no Rio de Janeiro em 12 de janeiro de 1935 — ano em que teria início talvez o mais difícil período da vida dela. "Para corresponder à amizade e ao carinho com que Vocês me trataram quando aí estive", logo ela envia poemas aos amigos que deixara do outro lado do Atlântico.[1] Retoma suas atividades na direção do Centro de Cultura Infantil, no Pavilhão Mourisco, então com seiscentas crianças inscritas. É convidada pelo educador Anísio Teixeira a assumir a cadeira de Literatura Luso-Brasileira da Faculdade de Filosofia e Letras da recém-fundada Universidade do Distrito Federal. Abate-se com a expectativa de uma guerra européia ou mundial e também lamenta o clima em que reencontrou o Brasil:

> "Atravessamos um período de exaltação nacionalista — creio que foi o integralismo —, que se está tornando muito aborrecido. Houve mesmo uns choques, ferimentos e mortes. (...)"[2]

Em sua vida pessoal, o pior estava por acontecer. Fernando Correia Dias atravessa mais uma crise de forte depressão. Para tentar ajudá-lo nessas fases, nos anos 20 ela escrevera *Cânticos,* que só viriam a ser publicados postumamente:

> "Não sejas o de hoje.
> Não suspires por ontens...
> Não queiras ser o de amanhã.
> Faze-te sem limites no tempo.
> Vê a tua vida em todas as origens. (...)"
>
> [*Cântico II*]

---

1) Carta de Cecília Meireles a José Osório de Oliveira, 20 jan. 1935.
2) Idem.

Diante da nova crise do marido, Cecília busca saídas. Tenta convencê-lo a passar uns dias em Teresópolis, "num ambiente de sossego". Mas o marido suicida-se em 19 de novembro, ficando ela sozinha com as três filhas ainda crianças. Apenas em 6 de janeiro de 1936, a poeta encontraria forças para escrever uma carta (talvez a mais trágica e dolorosa de toda a sua vastíssima correspondência), simultaneamente dirigida aos amigos portugueses José Osório de Oliveira, Diogo de Macedo, Luís de Montalvor, Manuel Mendes e Raquel Bastos. A eles relata que passara "13 anos sobre essa tragédia, tentando dominá-la".[3] Diante do inexorável, clama a sua dor e a sua impotência.

> "Fiz uma canção para dar-te;
> porém tu já estavas morrendo.
> A Morte é um poderoso vento.
> E é um suspiro tão tímido, a Arte... (...)"
> ["Canção póstuma" / *Retrato natural*]

Foi provavelmente, em grande parte, o poderoso vento de sua vocação — "direção e êxtase"[4] — o que impulsionou a poeta a seguir em frente. Muda-se da antiga casa da rua de São Cláudio, na zona norte do Rio, para um apartamento em frente ao mar de Copacabana.

> "Fui mudando minha angústia
> numa força heróica de asa. (...)"
> ["Terra"/*Viagem*]

Pensa em organizar um museu com os trabalhos de Fernando, "e talvez publicar em breve os seus estudos sobre arte marajoara, com as magníficas ilustrações que ele deixou".[5] Projeto que, diante do acúmulo de trabalhos que cadenciaria desde então de maneira ainda mais intensiva a sua vida, foi sendo — assim como a organização de sua própria produção — sucessivamente adiado. São inúmeras as suas referências à implacável falta de tempo, e certa vez chegou a escrever a uma intelectual portuguesa, que lhe solicitava uma cópia de seus artigos sobre folclore:

---

3) Carta de Cecília Meireles, transcrita in *Terceira Margem – Revista do Centro de Estudos Brasileiros*, Porto, Faculdade de Letras da Universidade do Porto, 1998.
4) Fragmento de um verso do poema "Contemplação", do livro de Cecília Meireles *Mar absoluto*.
5) Carta de Cecília Meireles a José Osório e outros amigos portugueses, 6 jan. 1936, in op. cit.

"Eu mesma não possuo estes artigos (...): mas parece-me que Manuel Bandeira ou Carlos Drummond (mais organizados em seus fichários) tem a coleção."[6]

Diante da tragédia, os laços com os amigos portugueses estreitam-se ainda mais. Forma-se além-mar como que um cerco de solidariedade. Era "como se fôssemos realmente toda uma família meio dispersa que o perigo reúne", ela diria.[7] Fernanda de Castro escreve-lhe "muito aflita", propondo publicar um livro seu em Portugal. José Osório de Oliveira menciona a possibilidade de ela dar aulas em Lisboa — convite que acabaria nunca aceitando, por discordar da tirania do regime salazarista.

A correspondência também com os escritores Dulce Lupi de Castro Osório e Carlos Queiroz e com o escultor Diogo de Macedo torna-se assídua. Outros escritores, como os poetas e críticos Alberto de Serpa e Adolfo Casais Monteiro, agregam-se a seu grupo de correspondentes lusitanos. A vários deles envia poemas, que seriam publicados em periódicos de variadas tendências, como *Presença*, *Revista de Portugal*, *Mundo Português*, *O Diabo*, *Pensamento*, *Seara Nova*, *Litoral*, *Ocidente* e, a partir da década de 40, em *Atlântico*, *O Primeiro de Janeiro*, *Távola Redonda*, *Lusíada*.

De volta definitiva a Portugal em 1937, depois de dezessete anos de Brasil, o editor Álvaro Pinto também pede um livro a Cecília com vistas a sua publicação pela editora Ocidente, de Lisboa. Ela sugere a Fernanda de Castro, já de posse dos poemas que viriam a compor *Viagem* (anteriormente enviados a José Osório), que os passasse a Álvaro Pinto. Havia sido Pinto um dos maiores amigos de Fernando Correia Dias, a quem conhecera dos tempos de *A Águia,* ainda nos anos 10. Quando da morte do ilustrador, o editor, em entrevista ao *Diário de Lisboa*, evocara as qualidades pessoais e artísticas do amigo, sob o título "Um poeta da beleza".

Também paladino da aproximação luso-brasileira, Álvaro Pinto passou a maior parte de seu longo interregno brasileiro à frente da casa editora Anuário do Brasil — que publicou livros de prosa de Cecília como *Criança, meu amor* (1924) e as duas edições de sua tese acadêmica *O espírito vitorioso* (a primeira em 1929), além de sua tradução de contos de *As mil e uma noites* (versão Mardrus). Este trabalho anexaria as talvez mais extraordinárias ilustrações da carreira de Fernando Correia Dias. Em 1924, Álvaro Pinto também fundara a revista *Terra de Sol*, na qual haviam colaborado Cecília e, principalmente, Fernando, autor de seu belo projeto gráfico. Segundo

---

6) Carta de Cecília Meireles a Maria Alíete Galhoz, 4 out. 1963.
7) Carta de Cecília Meireles a José Osório e outros amigos portugueses (6 jan. 1936), in op. cit.

Tasso da Silveira, teria sido Álvaro Pinto o verdadeiro fundador da indústria brasileira de livros.[8] Em 1938, ele lança em Portugal a revista *Ocidente,* e ali a seguir publicaria, em capítulos e em primeira mão, as memórias de infância de Cecília Meireles, *Olhinhos de gato*, que também viriam a ser editadas na Argentina — e apenas postumamente no Brasil.

No Rio de Janeiro, Cecília prosseguia com as aulas na Universidade do Distrito Federal. Entre 1936 e 1938, ali ministra cursos de literatura luso-brasileira e de técnica e crítica literária. Escreve artigos para agências de divulgação, que os vendem a um jornal de São Paulo. Organiza uma antologia de poetas chilenos, traduzidos por ela na mesma época em que recebia um convite para conferências em Santiago do Chile. Receberia também proposta para lecionar na Argentina — viagens, como tantas outras projetadas, que acabaria não realizando ou adiando. Traduz ainda uma obra do economista francês François Perroux, apóstolo de uma terceira via entre o capitalismo e o socialismo, e um poema da inglesa Edith Sitwell (neste caso, inscrevendo-se no concurso de um jornal, que vence).[9] E escreve, sob encomenda, versos para crianças, como os da obra de educação nutricional *A festa das letras*, em parceria com o médico Josué de Castro.[10]

Com o advento da ditadura do Estado Novo (1937-45), a poeta sofre outro revés. A polícia de Getúlio Vargas faz uma devassa no Centro de Cultura Infantil do Pavilhão Mourisco, inaugurado em 1934 por ela e Fernando, sob a suspeita de abrigar livros comunistas. Uma dupla violência para quem, embora progressista e democrata, sempre fora cética demais para aderir a um partido político, excessivamente espiritualista para deixar-se atrair pelo marxismo. A repressão getulista apreende livros (inclusive o "subversivo" *As aventuras de Tom Sawyer*, de Mark Twain), quebra objetos, entre os quais algumas das cerâmicas de inspiração marajoara criadas por Fernando Correia Dias.[11] O episódio acaba por repercutir nos Estados Unidos, com artigos na imprensa satirizando a ameaça "subversiva" localizada na obra de Twain. Seria este o truculento epílogo da talvez mais arrojada experiência pedagógica para crianças implementada no Rio de Janeiro dos anos 30, cuja proposta consistia no desenvolvimento integral do ser humano desde a infância.

Com as filhas em 1937 internas no tradicional colégio Lafayette, do Rio, Cecília volta a estudar línguas antigas, principalmente sânscrito, latim

---

8) In *Ocidente*, n. 226, v. LII, Lisboa, 1957, p. 66.
9) Cf. "Pensamento da América", *A Manhã*, 9 out. 1939.
10) 2. ed., Rio de Janeiro, Nova Fronteira, 1996.
11) Cf. relato de Maria Mathilde Meireles Correia Dias in *Manchete*, Rio de Janeiro (1553), 23 jan. 1982, pp. 48-50.

e grego. Organiza os poemas escritos desde 1929, pensando em aceitar o convite para publicação. E acaba se encorajando a inscrever uma coleção deles, a que simbolicamente intitula *Viagem*, no concurso instituído pela Academia Brasileira de Letras, apesar de todas as ressalvas que fazia a essa instituição. O prêmio anterior havia sido conferido ao livro *Magma*, de João Guimarães Rosa. "Não creio que mereça o prêmio. (...) Mas se o merecesse, teriam eles a coragem de (...) premiar uma concorrente tão pouco amiga dos senhores acadêmicos como eu?", escrevia em março de 1938 à amiga Maria Valupi.

A decisão tinha aparentemente um duplo objetivo: obter o prêmio em dinheiro, para o pagamento de contas acumuladas; e espicaçar a melhor crítica brasileira (leia-se, a modernista) a escrever sobre sua poesia.[12]

> "Mandei à Academia um velho livro para o concurso de poesia. A comissão conferiu-me o prêmio (Guilherme de Almeida, Cassiano Ricardo e João Luso). Mas o Fernando Magalhães (...) impugnou o parecer da comissão. (...) O Cassiano fez um barulho infernal e (...) resolveu derivar em exaltações a mim — colocando-me (...) num tal ponto de altitude que eu até tenho vergonha (...). O Olegário [Mariano] resolveu aderir (...) ao F.M., o que me dá imenso prazer, pois ter os dois contra mim é uma das melhores recomendações (...)"

sintetizaria em uma carta ao poeta Alberto de Serpa.[13]

Os amigos portugueses acompanharam cerradamente a controvérsia. A revista *Ocidente* acabou transcrevendo em capítulos o parecer do poeta Cassiano Ricardo justificando a escolha de *Viagem*: "O livro espelha o instante dramático do mundo que estamos vivendo. É todo ele feito de uma inquietação quase subterrânea. Inquietação que é um grito surdo e silencioso, posto em rimas também surdas e silenciosas. Inconformismo que não encontra remédio na desordem do mundo atual", avaliava Ricardo. "A novidade da forma, do ritmo, da idéia, lhe dá o direito de dizer coisas que os outros poetas não se lembraram de dizer ainda." Classificando poemas como "Destino", do mesmo livro, como "uma das obras-primas da literatura brasileira de todos os tempos", Cassiano Ricardo seria um dos primeiros a identificar influências do surrealismo no lirismo ceciliano de maturidade.[14]

---

12) Esta é a interpretação de Fernando Cristóvão no ensaio "Compreensão Portuguesa de Cecília Meireles", in *Colóquio Letras*, Lisboa (46): 20-27, nov. 1978.

13) Carta de Cecília Meireles a Serpa (31 maio 1939), localizada na Biblioteca Municipal do Porto.

14) Em *Revista da Academia Brasileira de Letras. Anais de 1939*, Rio de Janeiro, jan.-jun. 39, pp. 194, 195 e 202.

A polêmica acabou dando (dupla) vitória à poeta: primeiro prêmio — Guilherme de Almeida também chegou a propor a concessão de prêmio único, com a eliminação dos outros 28 concorrentes: "A presença da grande artista de *Viagem* no concurso desloca o julgamento para um plano tão alto, que os demais concorrentes só poderão ser considerados por contraste, não pelo confronto".[15] E também contribuiu para despertar a atenção da melhor crítica brasileira à sua lírica de maturidade.

Com efeito, Mário de Andrade não tardaria a escrever dois artigos antológicos sobre seus poemas, inserindo, afinal, Cecília entre "os maiores poetas nacionais".[16] Depois dele, Sérgio Milliet, Manuel Bandeira, Carlos Drummond de Andrade, Otto Maria Carpeaux, Mário Faustino e outros dentre os maiores nomes da crítica brasileira moderna agregaram-se a sua fortuna, que não pararia de crescer desde então.

Autocrítica implacável, eterna subserviente ao rigor, a poeta (que passou quatorze anos sem publicar poesia em livro, período em que afirma ter rasgado "quase tudo") referia-se aos poemas de *Viagem*, nas cartas aos amigos, como "velharia" ou "pavorosa marmelada". "É tão ruim que eu o mandei à academia", chegou a ironizar sobre o livro. O que naturalmente os amigos não levavam a sério. "Eu concorri apenas por ver nisso uma honesta maneira de ganhar algum dinheiro para pagar umas contas. Intimamente, doía-me o fato de vir a ser premiada pela Academia, da qual nunca fiz um juízo excelente", registrou ainda em uma carta de março de 1939.

A imprensa do Rio e de São Paulo deu grande destaque à controvérsia. "É a primeira vez, na história da literatura brasileira, que um prêmio anual de poesia provoca tanta celeuma", registrou um artigo da *Folha da Manhã* (31 maio 1939). Escritores e críticos, como Osmar Pimentel e Oswald de Andrade, tomam o partido de Cassiano Ricardo em seu parecer a favor da premiação de *Viagem*.[17]

Na entrega do prêmio, a Academia solicita o discurso que Cecília Meireles deveria fazer, para uma censura prévia. E a poeta acaba recusando-se a lê-lo. "A Academia designou-me para oradora, prevenindo-me de que havia censura acadêmica, mas referente apenas a ataques à Pátria, à Família e à pessoa dos acadêmicos. Cortaram os trechos que vão indicados. Achei que a censura se tinha excedido. Não falei.", escreveu a Cassiano Ricardo.[18]

---

15) Idem, p. 211.

16) ANDRADE, Mário de. "Cecília e a Poesia" (16 jul. 1939) e *"Viagem"* (3 dez. 1939). In *O empalhador de passarinho*, São Paulo/Martins, Brasília/INL, 1972.

17) In RICARDO, Cassiano. *A academia e a poesia moderna*. São Paulo, Revista dos Tribunais, 1939.

18) Idem, ibidem, p. 180.

O discurso, contudo, foi publicado na imprensa, na íntegra.

"Na verdade, senhores, quem, na sua devoção às letras não perde a lembrança de seu posto humano, sabe que são desprezíveis as vitórias fáceis, que chegam a ser um opróbrio, num mundo em que todos sofrem, muitos se esforçam, e onde nem sempre há recompensas.",

diz Cecília logo no início, para a seguir sintetizar sua compreensão de Machado de Assis e de Joaquim Nabuco, fundadores daquela casa.[19]

Hoje esse texto pode ser lido como um precioso documento do posicionamento, muito independente e particular, da escritora na modernidade literária.

"As escolas estão destinadas a passar, umas após outras, como tentativas que são de dizer melhor. (...) qualquer inovação produz choques violentos, pelo desequilíbrio entre o conforto do hábito e a surpresa do insólito. Por esse motivo, qualquer pequena transformação artística é recebida como uma agressão pelos distraídos e pelos tranqüilos, por todos quantos confiam numa receita única e satisfatória (...). Foi assim há 300 anos, quando apareceu o *Cid,* de Corneille. (...) No mesmo gênero e na mesma literatura, deu-nos o Romantismo o grande escândalo do *Hernani.* (...) O que não impediu que houvesse na literatura francesa esse acontecimento que se chamou Victor Hugo, e esse outro que foi o Romantismo, de cujas audácias, que tanto horrorizaram os clássicos, sorrimos hoje quase todos nós."

Alertava, a seguir — em um dos trechos censurados —, para o equívoco dos praticantes de "uma falsa atividade crítica":

"São esses os que cometem a velha imprudência de não gostarem do que não entendem, e acusarem de obscuro, inconveniente o que escape aos cânones de uma estética em que se fixaram — quando se fixaram em alguma. Porque sabeis, senhores, que, sendo a arte imortal, a verdade estética é variável no espaço e no tempo. Nem é outra a imortalidade da arte se não essa sobrevivência apesar da moda e do gosto do momento."

Lembrava, então, o silêncio de alguns de seus mais caros poetas — Rilke e Lorca — quanto à própria poesia:

---

19) Este e os outros trechos do discurso de Cecília Meireles estão in RICARDO, Cassiano. *A academia e a poesia moderna.* Op. cit., pp.175-180.

"Recordai Rilke (...). Esse que fez de sua solidão uma pura experiência poética [e] disse uma vez, em assuntos de arte: 'quase tudo é inexprimível, e se agita numa região impenetrável'. (...) Recordai também Garcia Lorca, esse espanhol bravio, tão oposto a Rilke (...): 'Um poeta não pode dizer nada da Poesia. Isso deixa-se para os críticos e professores. Mas nem tu nem eu nem nenhum poeta sabemos o que é Poesia. (...) da minha poesia é que não poderei falar nunca. E não por ser inconsciente, em relação ao que faço. Ao contrário, se é verdade que sou poeta pela graça de Deus — ou do demônio — também é verdade que o sou pela graça da técnica e do esforço (...)'".

Cumprimentava, por fim, a Academia (em outro trecho censurado) por ter afinal "votado com os que renovam, contra os que destroem ou estacionam"; por ter sido "fiel a Nabuco e a Machado de Assis"; por ter-se encontrado "com os mais modernos (...), que não desprezam a tradição, mas que a transformam", com os que "não fogem da vida, pela arte — mas que mostram a arte pelos caminhos graves da vida".

Graças a um adiantamento enviado por Álvaro Pinto, já à frente da Edições Ocidente, pouco antes de receber o prêmio ela pôde permitir-se um luxo para aquela época: enviar as provas que recebera do livro de volta a Portugal pelo correio aéreo. Mas algumas das recomendações que mandara ao editor acabaram, por algum motivo, desconsideradas. Uma delas: a numeração dos poemas que tinham o mesmo título — há, por exemplo, no livro, três poemas intitulados "Canção", três, "Cantiga", dois sob a rubrica "Serenata" —, e continuaram sem número. Ela também chegou a pedir ao editor que retirasse o poema "Feitiçaria", que muito a desgostava, mas ele permaneceu não só naquela como nas demais edições de *Viagem*. Sugeriu, ainda, que, em caso de dúvida quanto à capa, se pedisse a supervisão do escultor Diogo de Macedo, já então seu amigo. Uma hipótese que explicaria o não atendimento de parte de suas recomendações seria o afundamento de navios, já às vésperas da Segunda Guerra na Europa.

Ainda assim, ao assumir a edição da revista *Ocidente*, Álvaro Pinto também propôs a Cecília a redação mensal de uma "carta literária do Brasil". Ele, contudo, sabia da inquietação da escritora ante o recrudescimento da repressão salazarista, especialmente desde a guerra civil na Espanha, a ponto de ter-lhe escrito em uma carta: "Sei que não está inteiramente de harmonia com a maneira de ser política de Portugal. (...) Mas não será de política que a Sra. D. Cecília iria falar. É em literatura e arte — a política fica de lado".[20] Cecília acabou nunca aceitando esse convite. De fato, o amor da poeta pela literatura lusitana e a forte amizade com escritores e artistas portugueses não excluíam suas ressalvas face à ditadura salazarista e tampouco eliminavam sua consciência dos sentimentos ambivalentes que a ex-metrópole ainda despertava na antiga colônia, conforme se depreende de trechos de suas cartas aos mesmos amigos da Lusitânia.

* * *

Com *Viagem*, Cecília efetivamente alçou vôo em direção ao firmamento da grande poesia brasileira moderna. Cada nova coleção encerraria um número significativo de obras-primas até ela chegar, com o *Romanceiro da Inconfidência* (1953) e *Solombra* (1963), ao cume de sua produção poética.

Viagem alcançou grande sucesso, no Brasil e em Portugal. Também no país europeu tomaria impulso, desde o final dos anos 30, a longa temporada de análise e interpretação da poesia ceciliana, à qual se agregariam vários dos maiores nomes da crítica portuguesa, tais como Vitorino Nemésio, José Régio (este, na verdade, autor de uma apresentação sua na *Presença*), Adolfo Casais Monteiro, João Gaspar Simões, Jorge de Sena, Sophia de Mello Breyner, Nuno de Sampayo, David Mourão-Ferreira, Natércia Freire, além dos anteriormente mencionados José Osório de Oliveira, João de Barros, Carlos Queiroz, entre muitos outros.

Um levantamento preliminar, compreendendo o período 1930-98, dá conta da existência de cerca de cinqüenta autores portugueses que escreveram sobre a poesia ceciliana, num total próximo a cem estudos ou artigos.[21] Haveria, contudo, importantes lacunas, principalmente de grandes críticos que se firmaram a partir da década de 60, como Eduardo Lourenço e Óscar Lopes — assim como, no Brasil, houve o grande silêncio do maior crítico do período, Antonio Candido de Mello e Souza.[22] (Um

---

20) Cf. carta de Álvaro Pinto, anotada por Darcy Damasceno, in Arquivo Darcy Damasceno, Biblioteca Nacional do Rio de Janeiro.

21) Levantamento realizado pela autora deste trabalho entre junho e setembro de 1998 em Portugal, que contou com a colaboração do escritor Luís Amaro.

22) "Cecília Meireles parece-me uma poetisa fundamentalmente romântica. Mas, do ponto de vista português, ela é muito mais objetiva e menos egótica do que os nossos românticos. Ela é, por exemplo, mais cerebral do que Eugênio de Andrade, que nasceu uma geração depois dela", sintetizou Óscar Lopes a esta autora, em sua casa do Porto, em 30 jun. 1998. Quanto a Antonio Candido, o único texto a ele atribuído sobre a escritora está em *Presença da literatura brasileira*, que se supõe ter sido escrito pelo co-autor da obra, José Aderaldo Castello.

detalhe: na viagem de 1934, a escritora conhecera o pai de Óscar Lopes, o maestro e compositor Armando Leça, que voltaria a encontrar no Rio de Janeiro, a ele tendo ofertado livros autografados, depois transferidos para a biblioteca do crítico. Armando Leça chegou a musicar vários poemas de Cecília, entre os quais dois "Improviso", uma "Canção", "Cavalgada" e "Murmúrio", segundo partituras localizadas por sua filha Mécia de Sena.)

Além de contribuições interpretativas próprias e, com freqüência, iluminadoras de suas principais tendências, houve alguns denominadores-comuns na avaliação desses críticos portugueses. Boa parte deles abordou, por exemplo, a questão de brasilidade e/ou lusitanismo de sua poesia — questão considerada "equivocada" pelo seu mais sistemático exegeta brasileiro até os anos 70, Darcy Damasceno.[23] O português Casais Monteiro também minimizou essa polêmica, sobre a qual afirmou simplesmente: "não quer dizer nada".

Já no caso de Nemésio, Sena ou Queiroz, gratificava-lhes encontrar em língua portuguesa um lírico moderno e total, um poeta que atingia um nível de expressão similar ao de um Rimbaud, de um Rilke, de um Pessoa, sem que, contudo, perdesse uma dicção brasileira. Jorge de Sena comentaria sobre o "prestígio" e a "influência" de que "ela gozou em Portugal, onde foi sempre equiparada a grandes nomes como Pessoa ou Rilke, quando talvez o Brasil [ainda] não reconhecesse todo, nela, o grande poeta que tinha". Segundo Sena, como Pessoa, Rilke ou Yeats, era Cecília "filha moderna do simbolismo antigo".[24]

Por sua vez, de sua cátedra na Universidade de Lisboa, Vitorino Nemésio a cada ano dedicava algumas aulas à abordagem de seus poemas cecilianos preferidos, tais como o "Romance das palavras aéreas", que considerava um dos mais belos da lírica em língua portuguesa, do *Romanceiro da Inconfidência*; ou a "Elegia", escrita por Cecília em homenagem a sua avó açoriana, que encerra *Mar absoluto*. Além do indefectível Rilke, Nemésio identificava nessa poesia paralelismos com a do francês de origem uruguaia Jules Supervielle (1884-1960). Em 1949, reconheceu a capacidade da lírica brasileira de "falar pertinente e freudianamente do 'Andrógino'" — poema de *Retrato natural* —, classificando ainda a poeta como "humanista que libou o mel das grandes culturas". "Poetas tão altos como ela alguns houve no Brasil e em Portugal; maiores, talvez nenhum", sintetizou o crítico e

---

23) DAMASCENO, Darcy. "Poesia do sensível e do imaginário". In MEIRELES, Cecília. *Poesia completa*. Rio de Janeiro, Aguilar, 1994.

24) SENA, Jorge de. "Cecília Meireles ou os puros espíritos" e "Em louvor de Cecília Meireles". In *Estudos de cultura e literatura brasileira*. Lisboa, Edições 70, 1988.

poeta açoriano, grande admirador também de José Lins do Rego e João Guimarães Rosa na prosa brasileira.[25]

O crítico João Gaspar Simões, que a escritora conhecera em 1934 em Coimbra e que lhe publicara poemas, em 1935 e 1938, na *Presença*, certa vez reivindicou para si a primazia na divulgação de seus versos na imprensa portuguesa. Esta, contudo, coube ao *Diário de Lisboa* (talvez pelas mãos de Osório de Oliveira), que, além do excerto incluído pelo próprio Osório em seu artigo da edição de 9 de outubro de 1934, publicara em 9 de novembro daquele mesmo ano alguns poemas já da fase ceciliana de maturidade, nomeadamente "Música de grilo", "Cantiguinha" e "Rimance". Gaspar Simões classificaria em 1950 a obra ceciliana desde *Viagem* como "o caso mais notável da poesia feminina de língua portuguesa, e um dos casos mais notáveis de poesia das letras brasileiras de nosso tempo".[26] Depois, em um artigo de 1964, chamaria Cecília de "precursora do moderno lirismo brasileiro", por ter sido ela "um dos primeiros líricos do Brasil a acreditar na importância do romance ou rimance". O crítico concluía que, com o *Romanceiro da Inconfidência*, publicado em 1953, ela teria aberto caminho a João Cabral de Melo Neto, "o arauto no Brasil do neo-romancismo, que dois anos mais tarde publicaria *Morte e vida severina*".[27]

Em 1943, o poeta Alberto de Serpa (co-editor, com João Cabral, da revista *O cavalo de todas as cores*) publicou a antologia *As melhores poesias brasileiras*, desde Anchieta, que organizara, incluindo três poemas de Cecília ("Destino", "Metamorfose" e "Da bela adormecida"), dos livros *Viagem* e *Vaga música*, ao lado de três composições de Drummond e outras tantas de Murilo Mendes, além de cinco de Manuel Bandeira, entre outros. A Serpa a poeta carioca chegou a dedicar um poema antológico de *Vaga música*:

> "O pensamento é triste; o amor, insuficiente;
> e eu quero sempre mais do que vem nos milagres.
> Deixo que a terra me sustente:
> guardo o resto para mais tarde. (...)"
>
> ["Explicação"]

---

25) Cf. informações de seu ex-assistente, Professor Antonio Machado Pires, à autora, em 13 jul. 1998, na Universidade dos Açores, e cf. ensaio de NEMÉSIO, Vitorino. "A poesia de Cecília Meireles". In *Conhecimento de poesia*. 2. ed. Lisboa, Verbo, 1970.

26) SIMÕES, João Gaspar. "Fonética e poesia ou o *Retrato natural* de Cecília Meireles". In *Literatura, literatura, literatura*. Lisboa, Portugália Editora, 1964, pp. 346-353.

27) SIMÕES, João Gaspar. "Cecília Meireles — precursora do moderno lirismo brasileiro". In *Primeiro de Janeiro*, 16 nov. 1964.

Posteriormente, Adolfo Casais Monteiro identificaria em Cecília uma poesia ao mesmo tempo "feminina e profundamente intelectual", afirmando em outro artigo: "(...) enquanto, por um lado, a podemos encarar na tradição do romanceiro, logo a vemos também como um daqueles poetas que, no Brasil, souberam criar novos ritmos para além das formas consagradas".[28]

Já o poeta e crítico David Mourão-Ferreira, em parceria com Francisco da Cunha Leão, organizou e publicou, em 1968, uma antologia exclusivamente da poesia de Cecília, anexando ao final a prosa poética "Evocação lírica de Lisboa".[29] Num excepcional ensaio em que amalgama uma coleção de artigos, Mourão-Ferreira ainda desenvolveu algumas reflexões notáveis sobre os principais temas e motivos da poética ceciliana e seria, conforme se reconhece, um dos críticos portugueses que melhor perceberam a sua universalidade.[30]

Nos anos que sucederam à morte da escritora, ocorrida em 1964, viriam a escassear os estudos críticos dessa obra na terra lusíada, embora seja necessário destacar os ensaios do professor açoriano José de Almeida Pavão[31] e dos críticos Fernando Cristóvão[32] e Maria Alíete Galhoz,[33] bem como, já na década de 90, a tese de doutoramento "Cecília Meireles: uma poética do eterno instante", de autoria da Professora Margarida Maia Gouveia, da Universidade dos Açores.[34] Por sua vez, embora não tenha escrito sobre a poesia ceciliana, Arnaldo Saraiva reconheceu que ela influenciou poetas portugueses — poetisas, inclusive.[35] Raciocínio também desenvolvido por Natércia Freire: Cecília Meireles "inspirou grandes e pequenos poetas, lançou no espaço incontáveis sementes para outros poemas". Natércia ainda comentaria, em outro texto (datado de 1959), acerca das "imitações" da lírica carioca que "tanto no Brasil como em Portugal não cessam de aparecer".[36]

---

28) MONTEIRO, Adolfo Casais. "Saudando o poeta" e "Canções". In *Figuras e problemas da literatura brasileira contemporânea*. São Paulo, Instituto de Estudos Brasileiros, 1971, pp. 139-144.

29) MEIRELES, Cecília. *Antologia Poética* (esc. e comentários de Francisco da Cunha Leão e David Mourão-Ferreira). Lisboa, Guimarães Editores, 1968.

30) MOURÃO-FERREIRA, David. "Cecília Meireles: temas e motivos". In *Hospital das letras*. 2. ed. Lisboa, Imprensa Nacional-Casa da Moeda, 1981.

31) PAVÃO, José de Almeida. "O portuguesismo de Cecília Meireles e os Açores". Sep. de *Ocidente*, v. LXXXIV, Lisboa, 1973.

32) CRISTÓVÃO, Fernando. "Compreensão Portuguesa de Cecília Meireles". Op. cit.

33) GALHOZ, Maria Alíete. "Um certo barroco em Cecília Meireles". In *Colóquio Letras*, Lisboa, fev. 1965.

34) GOUVEIA, Margarida Maia. *Cecília Meireles: uma poética do eterno instante*. Tese de doutorado (policopiada), Universidade dos Açores, Ponta Delgada, 1993.

35) Em conversa com a autora deste trabalho, na Universidade do Porto, 30 jun. 1998.

36) FREIRE, Natércia. "Um fantasma de poesia: *Amor em Leonoreta*". In *Ocidente*. Lisboa, 56(254), pp. 329-334, jun. 1959; e in *Diário de Notícias*. Lisboa, 12 nov. 1964.

Sempre mergulhada em novos trabalhos, Cecília jamais entrou em polêmicas como essas. Também nunca se deteve diante dos louvores recebidos, assim como nunca se deixou aniquilar com as apreciações negativas. Longe de se envaidecer com as críticas portuguesas que chegou a ler, costumava atribuir-lhes excessos pela "generosidade" lusíada.

> "[Vitorino Nemésio] compreende muito bem os meus intentos poéticos; agora, no que exagera é na apreciação. Devem ser ternuras de sangue açoriano."

escreveu, por exemplo, depois de ter lido a crítica que o professor e poeta da Ilha Terceira publicara sobre *Retrato natural*, de1949.[37] Em carta ao próprio Nemésio, ela ainda se congratularia com o fato de ele haver percebido "o exercício, a disciplina, o 'ofício'" em que se esforçava, o "encantamento pela palavra, (...) [o] amor deslumbrado pelos giros que se lhe pode dar a serviço de um pensamento". A um tal exercício chamava de "descobrimento humilde".[38] Outras vezes, reagia à crítica com uma certa dose de humor ou ironia:

> [José Osório] "trouxe-me um número da revista *Atlântico* (...) com um artigo do sr. Cunha Leão, que eu não conheço nem me conhece, e que me coloca em tais alturas que me sinto em muito mais perigo que se viajasse no Constellation".[39]

* * *

Ao fim da década de 30, o sucesso de *Viagem* afinal coincidiria com a reconstrução da vida pessoal da poeta. Coincidência ou mais do que isso, por essa época, a conselho de uma pessoa conhecida que estudava o valor cabalístico das letras, ela deixa de escrever o seu sobrenome com *éles* dobrados, passando a assinar Meireles (não mais Meirelles), conforme relataria em uma crônica. Ela mesma admitiu que tudo passou a correr melhor desde então.[40]

Em janeiro de 1940, Cecília casa-se novamente, com o conceituado

---

37) Carta de Cecília Meireles a Armando Cortes-Rodrigues, 6 ago. 1949.
38) Carta de Cecília Meireles a Vitorino Nemésio, 21 maio 1946, Biblioteca Nacional de Lisboa.
39) Sobre o artigo de Francisco da Cunha Leão, "Uma poesia absoluta" (publicado na revista *Atlântico*), in carta a Armando Cortes-Rodrigues, 6 ago. 1947.
40) MEIRELES, Cecília. "História de uma letra", in *Crônicas em geral* - 1. Rio de Janeiro, Nova Fronteira, 1998, pp. 105-109.

fitopatologista Heitor Grillo, que então dirigia a Escola de Agronomia do Distrito Federal e que depois ocuparia o cargo de secretário da Agricultura da então capital brasileira, responsabilizando-se diretamente pelo complicado abastecimento do Rio de Janeiro no segundo pós-guerra. Mais tarde, o dr. Grillo ainda ocuparia a vice-presidência do Centro Nacional de Pesquisas (hoje CNPq). Pouco depois do casamento, ela viaja com o marido aos Estados Unidos e ministra, na Universidade do Texas, um curso sobre literatura e cultura brasileira, visitando depois o México, onde fez conferências.

Ao regressar ao Rio, ainda pôde, afinal, reunir outra vez as filhas a seu lado. E novos amigos portugueses vieram agregar-se ao círculo que ela já formara na viagem de 1934 ou na correspondência a partir de *Viagem*.

Pouco depois da eclosão da Segunda Guerra Mundial, um casal de artistas havia-se mudado da França para uma casinha-ateliê do Jardim das Amoreiras, em Lisboa, onde passou a lutar pela obtenção de um passaporte junto ao governo salazarista. Maria Helena Vieira da Silva (1908-1992) perdera a nacionalidade portuguesa quando, vivendo em Paris, se casara com o pintor húngaro Arpad Szenes (1897-1984) — de origem judaica e, portanto, vulnerável à perseguição dos nazistas. Diante do aumento das incertezas, mal-visto pela ditadura salazarista, em 1940 o casal parte rumo ao Rio de Janeiro e logo contata Cecília Meireles. Ali os dois pintores se tornariam amigos também do artista plástico Carlos Scliar e de outro grande poeta do Modernismo: Murilo Mendes — que, por sua vez, viria a se casar em 1947, no Rio, com a escritora Maria da Saudade Cortesão, filha do historiador e escritor português Jaime Cortesão.

Foi no Rio de Janeiro que Vieira da Silva, hoje considerada talvez o maior artista plástico que Portugal já teve (embora se tenha naturalizado francesa), pintaria duas de suas obras-primas: as telas *Jogo de xadrez* e *Desastre* (esta também conhecida por *Guerra*). Enquanto, surpreendentemente, Mário de Andrade e Sérgio Milliet teriam feito apenas ressalvas à pintura moderna de Vieira (trabalho que poucos anos depois faria grande sucesso em Paris e Nova York), Cecília seria, com Murilo Mendes e, a seguir, também o poeta Manuel Bandeira, uma das primeiras personalidades a escrever na imprensa sobre ela:[41]

---

41) A maior parte das informações sobre Vieira da Silva e Arpad Szenes acima reunidas são extraídas de: Nelson AGUILAR, Alfredo. "Vieira da Silva no Brasil". In *Colóquio Artes*, 2ª série, n. 27, abr. 1976; e *Viera da Silva*, Genève, Skira, 1993. Segundo Nelson Aguilar, a opinião de Mário de Andrade foi transmitida em fita por Roberto Burle Marx, à qual Aguilar teve acesso. Este também menciona em seu trabalho a avaliação de Sérgio Milliet sobre a artista franco-portuguesa.

"No quadro maior da pintora, os dois jogadores emergem, de face perfeita, da perspectiva interminável que em todas as direções prolonga seus quadros pretos e brancos. Suas noites e seus dias. (...) Parece que têm botas altas. Serão dois guerreiros? Em todo caso, são dois adversários."[42]

registrou a escritora carioca sobre *Guerra*, tela que hoje integra o acervo do Museu Georges Pompidou, de Paris.

Segundo Nelson Aguilar, autor de um excelente ensaio sobre o período brasileiro de Vieira e Arpad Szenes, que se prolongou de 1940 a 1947, Cecília era "o alter-ego poético" da grande pintora, que estudara na França com Fernand Léger. Em todo caso, a poeta e os dois artistas tornaram-se próximos amigos. Cecília costumava referir-se à dupla como "Irmão Sol" e "Irmã Lua", ou ainda como "meus pintores, meus ilustradores e meus amigos". De fato, Vieira é a autora do desenho de capa da primeira edição de seu livro *Mar absoluto*, de 1945, além de ter-lhe ilustrado textos como "Evocação lírica de Lisboa", as memórias de infância *Olhinhos de gato*, ambos publicados em Portugal, e ainda uma das traduções para o francês de seus poemas. A arte da poeta e a da pintora voltariam a reunir-se na coletânea de poemas *Flores e canções*, publicada no final da década de 70.[43]

Arpad Szenes ilustrou a tradução ceciliana de Rilke e também retratou a escritora — pelo menos dois desses seus trabalhos seriam amplamente divulgados: o extraordinário óleo em cores, em que Cecília aparece sentada numa cadeira de vime no ateliê dos artistas, em meio a uma atmosfera vagamente surrealista, como, por vezes, é a de sua poesia; e o primoroso bico-de-pena de seu rosto, da mesma forma *clean* como a maior parte de seus poemas, que se tornaria praticamente uma marca registrada de sua produção — e até hoje ilustra sucessivas edições de seus livros. Certa vez, mencionando algumas das obras de arte que reunia em casa, Cecília descreveu a um amigo:

"Nas paredes desta sala estão alguns quadros modernos de pintores amigos; o maior é da Maria Helena Vieira da Silva, que é portuguesa, mas veio de Paris como refugiada (...) — é uma roda de meninas sobre uma

---

42) Da crônica de Cecília Meireles, "Um Passeio Prodigioso", in *A Manhã*, Rio de Janeiro, 13 dez. 1944.
43) MEIRELES, Cecília. *Poésie* (trad. Gisèle S. Tygel; ils. M.H. Vieira da Silva). Paris, Seghers, 1967; e *Flores e canções*. Rio de Janeiro, Confraria dos Amigos do Livro, 1979.

parede de azulejos. Mas está pintada de tal forma que parece apenas a sombra das meninas que brincavam de roda. Isso me encanta. (...) Ao lado — num vão da janela — está um quadrinho do Arpad Szenes, seu marido (...), com uma vista de Lisboa; (...) no outro vão da janela, está um prato de Maria Helena (...) com uma pomba desenhada a tinta azul. (...)"[44]

Diante das dificuldades financeiras e também artísticas que o casal de artistas enfrentava em seu exílio no Rio, Cecília "sugere a colaboração de Vieira da Silva em obra pública". No início dos anos 40, terminava-se a construção dos prédios da Escola de Agronomia do Distrito Federal, cujo diretor era o professor Heitor Grillo, segundo marido da poeta. A pintora é convidada a apresentar um projeto de decoração para algumas das instalações, afinal aprovado. Opta por painéis de azulejos, pintados por ela mesma. Enquanto isso, Arpad é chamado a realizar retratos "de personagens que militaram pelo desenvolvimento da botânica" para a mesma escola. Pouco tempo depois, o casal muda-se da "pensão das russas", no Flamengo — sua primeira residência no Brasil, onde, em meio a muita música de Mozart, havia conhecido o também hóspede Murilo Mendes —, para a Pensão Internacional, em Santa Teresa, reduto de intelectuais e artistas.

Com o fim da guerra, Vieira e Arpad decidem-se a voltar à França, onde viviam antes do conflito. Sua *marchande* francesa, que colocara com sucesso em Nova York alguns de seus quadros durante a guerra, havia morrido e, ao mesmo tempo, havia o convite para uma exposição em Paris. Na véspera da viagem de Vieira (Arpad ainda permaneceria alguns meses no Rio para encerrar os cursos que passara a ministrar em seu ateliê, com os quais influenciou boa parte de uma geração de artistas brasileiros), o casal sai para jantar com Cecília e Heitor Grillo. O encontro acontece no restaurante carioca A Minhota. No dia 27 de fevereiro de 1947, Cecília vai ao cais para a despedida, que registraria em uma carta:

"Ontem fui levar a bordo a Maria Helena, que vai para Paris. Chovia copiosamente, e todos os amigos se comprimiam no cais, diante de um navio imenso, com muitos andares, de onde se debruçava uma porção de gente. Ficamos — eu estava com o Luís Cosme, o compositor — debaixo de um guindaste, onde chovia menos. Do chapéu dele escorria uma goteira de água. (...) E eu tinha uma vontade louca de me meter como clandestina no navio, embora estivesse muito cheio, e eu prefira, mesmo nas viagens, ir sozinha. Depois, como havia cada vez mais amigos, e Maria Helena

---

44) Carta de Cecília Meireles a Armando Cortes-Rodrigues, 25 nov. 1946.

estava ficando nervosa, saí à inglesa, enquanto o grupo conversava e bebia num bar junto ao cais. Vim pensando — uma amizade menos... E passei a tarde melancólica."[45]

A escritora só voltaria a se encontrar com Vieira e Arpad em 1951, quando eles já moravam na casa do Boulevard Saint Jacques, em Paris, e novamente na França, em 1953, quando os dois casais visitam Chartres e outros monumentos. Com o emprego iluminado da linguagem universal das cores e das formas, Vieira já era, então, uma celebridade mundial. (Entre muitos outros, conquistaria o grande prêmio da Bienal de São Paulo, em 1961.)

A Vieira da Silva a escritora dedicou dois poemas: "Roda de junho", de *Vaga música*, e "Deito-me à sombra de meus cabelos", publicado postumamente:

> "(...)
> Das tempestades, resta somente a luz.
> Todos os rumores são cânticos.
> E evaporam-se em bailes aéreos
> os velhos perfis sombrios das emboscadas."
>
> [*Poemas III*]

Depois de treze anos de exílio na Espanha e na França, o historiador e escritor Jaime Cortesão (1884-1960), que tivera papel marcante no movimento da Renascença Portuguesa, fora preso pela Pide, a polícia política salazarista, ao regressar a Portugal, em 1940 — e, a seguir, seria forçado a exilar-se no Brasil. É na condição de diretor da coleção Clássicos e Contemporâneos da Editora Dois Mundos que Cecília encontra, no Rio, o antigo colaborador de *A Águia*, que a convida a organizar e a prefaciar uma antologia da moderna poesia portuguesa. Em 1943, a escritora entrega a Cortesão os originais de *Poetas novos de Portugal*, publicado no ano seguinte. De acordo com o poeta Manuel Bandeira, foi Jaime Cortesão — que no Brasil também lecionou no Instituto Rio Branco, voltado para a formação de diplomatas — quem "inaugurou" o adjetivo "ceciliano", hoje de uso corrente para a designação da produção ou do estilo da escritora, durante a apresentação de uma conferência dela no Gabinete Português de Leitura do Rio de Janeiro.[46]

---

45) Carta de Cecília Meireles a Armando Cortes-Rodrigues, 28 fev. 1947.

46) In BANDEIRA, Manuel. *Poesia e prosa*. v. 2. Rio de Janeiro, Aguilar, 1958, p. 324; e cf. GARCIA, José Manuel. *O essencial sobre Jaime Cortesão*. Lisboa, Imprensa Nacional-Casa da Moeda, 1987.

Para a antologia editada por Cortesão, Cecília selecionou trinta e quatro poetas, alguns dos quais havia conhecido em Portugal em 1934 (Afonso Duarte, Fernanda de Castro, Carlos Queiroz, João de Castro Osório, Luís de Montalvor — e quase conhecera, conforme se relatou no capítulo anterior, Fernando Pessoa). Muitos dos demais incluídos acabariam dela se aproximando por correspondência (José Régio, Alberto de Serpa) ou, no caso de Vitorino Nemésio, Jorge de Sena, Natércia Freire ou Adolfo Casais-Monteiro, quando de suas viagens ao Brasil ou em outras passagens dela por Portugal.

Em sua coluna no *Diário de Lisboa*, João Gaspar Simões classificou *Poetas novos de Portugal* como "obra a muitos títulos notável", especialmente por "ter consagrado fora das fronteiras nacionais uma corrente poética que, sendo uma realidade nacional, ainda encontra resistência e incompreensão (...) dentro da mãe pátria" — diz o texto publicado em 4 de outubro de 1944.

"Eu tive para com Cecília Meireles uma dívida de gratidão", relataria, em 1965, o poeta e crítico Jorge de Sena, que, também por motivos políticos, se exilara no Brasil entre 1959 e 1965, até ser convidado a lecionar nos Estados Unidos. "Há vinte anos, quando eu era um jovem poeta português de quem a crítica não falava (ou porque me achava difícil ou que não valia a pena) (...), ela incluiu poemas meus na sua antologia. Tenho observado que esse livro meritório (e que pouca gente, em Portugal, estaria então em condições de organizar com tanta lucidez e tanta eqüidade) é, vinte anos passados, ainda a única fonte, no Brasil, e para muita gente, de conhecimento da poesia moderna portuguesa." Segundo Sena, o Prêmio Nobel "teve décadas para descobrir Cecília, mas, esgaravatando pela América do Sul encontrou apenas (...) Gabriela Mistral".[47]

Quando, em 1961, dirigiu a coleção Nossos Clássicos da editora Agir, Jorge de Sena, o poeta de *Quarenta anos de servidão*, convidou Cecília a escrever um volume sobre o árcade lusitano Antonio Diniz da Cruz e Silva, ao que ela respondeu:

> "Não será impossível combinar-se alguma coisa, já que estudei tanto a sua vida e a sua obra. Cheguei mesmo a pensar na publicação de seus 'poemas brasileiros' — mas a vida leva-me sempre por outros caminhos.
> — Apenas não gostaria de fazer nada às pressas (...)".[48]

---

47) SENA, Jorge de. "Algumas palavras". Op. cit, p. 35.
48) Carta de Cecília Meireles a Jorge de Sena (10 ago. 1961), cuja cópia foi enviada a esta autora, dos Estados Unidos, por sua viúva, D. Mécia de Sena.

De fato, além de ter trabalhado na biografia do poeta, no final da década de 50 Cecília Meireles publicou no *Diário de Notícias*, do Rio de Janeiro, uma alentada coleção de artigos em que introduzia e analisava a hipótese de ter sido Antonio Diniz o autor das *Cartas chilenas*, atribuídas a Tomás Antonio Gonzaga:

> "A atribuição das 'Cartas chilenas' a Gonzaga pode estar certa, mas não está provada; cada coincidência entre diferentes passagens desse poeta e a famosa sátira é facilmente vencida pelos exemplos encontrados em Diniz (...). Em inúmeros casos Antonio Diniz e [Gonzaga] coincidem. (...)"

argumentava, ilustrando as avaliações com fartas transcrições dos dois poetas.[49] Também daí devia advir o desejo de escrever sobre Diniz "sem pressa". Levada por seu trabalho a "outros caminhos", a hipótese da escritora — contestada por alguns estudiosos — ficou como uma interrogação não respondida.

* * *

Foi pouco depois do aparecimento de *Poetas novos de Portugal*, numa tarde de 1945, durante conversa em uma casa de chá do Rio, que José Osório de Oliveira, em visita ao Brasil, sugeriu à poeta que enviasse seus livros a um outro incluído — o poeta, dramaturgo e etnógrafo açoriano Armando Cortes-Rodrigues (1891-1971), ex-colaborador de *A Águia* e ex-integrante do grupo de *Orpheu*, na década de 10, quando se tornara amigo de Fernando Pessoa e Mário de Sá Carneiro.

Depois de *Viagem* e de *Vaga música*, aparecido em 1942, Cecília acabara de publicar seu terceiro livro de poemas da fase de maturidade: *Mar absoluto*. Vinha também de traduzir *A canção de amor e de morte*, de Rilke, e *Orlando*, de Virginia Woolf. No Natal daquele mesmo ano, o poeta açoriano envia-lhe sua primeira carta, que ela responderia em 29 de janeiro de 1946:

> "Perdoe-me escrever à máquina. Meus amigos europeus sempre têm certo ressentimento contra essa mecanização da escrita. (...) Mas a vida me levou intensamente para o jornalismo, para as traduções, para a necessidade de escrever rápido e escrever claro. (...) eu acho que as cartas

---

49) MEIRELES, Cecília. "De Antonio Diniz às 'Cartas chilenas'". *Diário de Notícias*. Rio de Janeiro, 1958.

de amizade deviam ser lindamente escritas como esta sua, que tanto me encantou só de olhá-la, com seu vagar, seu ritmo, sua beleza gráfica, de uma serenidade divina. E eu sou tão móvel, tão ocupada, a vida me chama para tantos lados... Signo de água. Preciso ser fluida, fugitiva, dispersa. Compadeça-se de mim! (...) Mandar-lhe-ei os últimos livros dos poetas brasileiros considerados de primeira grandeza. Todos editaram novos poemas no ano passado. E também lhe mandarei uma 'Apresentação da Poesia Brasileira', de Manuel Bandeira, que acaba de sair. (...)"[50]

Assim teve início a maior correspondência da vida da poeta — com Mário de Andrade, talvez o escritor de maior fertilidade epistolar do período modernista brasileiro —, bem como uma amizade e uma admiração mútuas que a acabariam levando à Ilha de São Miguel, terra de seus antepassados maternos. Até morrer, em 1964, Cecília (a "correspondente desarmada", na definição de Fernando Cristóvão) enviou a Cortes-Rodrigues 246 cartas, sem aí incluir as fotografias e os desenhos e os postais e os poemas. Parece ter encontrado no poeta açoriano uma espécie de encarnação simbólica da família ancestral que perdera tão cedo; ou a perspectiva de uma alteridade atávica na ilha, de retomada do vínculo rompido com a emigração dos antepassados (sua mãe era criança de colo quando cruzou o Atlântico com os pais rumo ao Brasil, em 1872/3). Perspectiva que agregaria, conforme se depreende de sua leitura, uma dimensão ao mesmo tempo mítica e psicanalítica a esse relacionamento epistolar.

---

50) Carta de Cecília Meireles a Armando Cortes-Rodrigues, 29 jan. 1946.

LISBOA REVISITADA. E A ILHA

A década de 40 emergiria como uma das mais (se não a mais) produtivas da vida da poeta. Depois da publicação em 1942 de *Vaga música* e, em 1945, de *Mar absoluto*, no ano seguinte ela já tinha praticamente pronta a quarta coleção de poemas da fase de maturidade, *Retrato natural*, que os desarranjos causados pela guerra também na indústria gráfica só permitiriam sair em 1949. Já começava a reunir os poemas, que classificava como um tanto líricos demais "para o tempo", de *Canções*. E em 1947, envolvida com a escritura de peças de teatro[1], Cecília iniciava as pesquisas sobre a época colonial brasileira e sobre a revolta do século XVIII que ficou conhecida como Conjuração Mineira. Investigação na qual mergulhou desde então, revirando, ao longo de meses e meses, documentos e livros que iam da filosofia e da política (com a leitura de Rousseau, Voltaire, Montesquieu, entre dezenas de outros) à economia e à estética da época. Trabalho que ainda ampliou a biblioteca de quase 12.000 volumes que reuniu na casa do bairro carioca do Cosme Velho, para onde mudou-se com a família no final de 1945, e que a levaria sucessivas vezes às cidades que foram palco daquele frágil movimento libertário, principalmente a antiga Vila Rica (hoje Ouro Preto).

Os frutos desse gigantesco trabalho (cujas proporções transparecem também nas fichas com as suas anotações de pesquisa, hoje em poder de sua família) começaram a tomar, primeiro, a forma de mais uma tragédia para teatro — até que, em 1949, foram-se metamorfoseando em romances, cujo conjunto comporia a monumental obra-prima *Romanceiro da Inconfidência*. Livro onde se cristalizam com maior nitidez as suas reflexões sobre a injustiça e a perversidade do poder econômico que engendra estratificação social, sobre o alucinante e alucinado ciclo do ouro, sobre a tragicidade da história. Foram "cinco anos de vida passados no século 18",

---

1) Foram publicadas *A nau catarineta* (Rio de Janeiro, 1946) e *O menino atrasado* (Rio de Janeiro, 1966). Permanecem inéditas *O ás de ouros*; *Sombras*; *O jardim*. Em 1947, Cecília deu um curso de literatura na Escola de Arte Dramática do Rio de Janeiro. Ainda traduziu peças de Lorca, Maeterlinck, Ibsen e Tagore, entre outros.

sintetizaria a poeta. Entregue à Livros de Portugal, do Rio, em 1952, o *Romanceiro* foi publicado no início de 1953.

> ("E ninguém percebe
> como é necessário
> que terra tão fértil
> tão bela e tão rica
> por si se governe!)
> (...)
> (A terra tão rica
> e — ó almas inertes! —
> o povo tão pobre...
> Ninguém que proteste!"

diz, por exemplo, o Romance 27 desse livro extraordinário, que alguém já chamou de "*Os Lusíadas* brasileiro".

Depois dos cursos e conferências nos Estados Unidos e no México, sempre tentada pelas viagens, permanente objeto de desejo, nos anos 40 Cecília fez e desfez múltiplos planos de deslocamento a outros países. Um dos muitos projetos desfeitos relacionava-se a um convite para participar, ao fim da guerra, de um congresso na Unesco, o organismo das Nações Unidas para a Educação e a Cultura, em Paris. Outro convite, só que sucessivamente reapresentado, era o dos poetas Armando Cortes-Rodrigues e José Bruges, outro de seus correspondentes lusitanos (e a quem também dedicaria um poema), para que visitasse os Açores, especialmente a Ilha de São Miguel — aquela paragem onírica, mítica, que havia sido cotidianamente contada e cantada em sua infância no Rio de Janeiro pela avó açoriana que a recolhera em sua precoce orfandade. Ilha ancestral que "nutriu" a formação de um imaginário encantatório e em parte pode explicar a presença de tanto mar em sua poesia:

> "(...)
> porque isto é mal de família,
> ser de areia, de água, de ilha...
> E até sem barco navega
> quem para o mar foi fadada. (...)"

diz o poema "Beira-Mar", de *Mar absoluto*.

Cecília admitiu que visitar a "ilha mágica" era um sonho cultivado desde a mais tenra idade, tendo chegado a propor essa viagem à avó micaelense, Jacinta Garcia Benevides — a quem dedicou a "Elegia" que encerra *Mar absoluto* e a quem definia como encarnação da "beleza total".

"Quando uma vez lhe sugeri viajarmos para aí, entristeceu muito. E [por temor de magoá-la] não se falou mais nisso. Talvez fossem uns naufrágios que aconteceram. Há muito mar por detrás de nós."

escreveu a Cortes-Rodrigues.[2] Ilha que, antes de ser vista, contribuiu para o esboço dos contornos de uma outra entidade mítica, a que ela passou a chamar de "Ilha do Nanja" (onde tudo pode acontecer, mas *não já*) — "uma mistura de São Miguel com os meus sonhos", definiria.
Não bastassem os vínculos atávicos,

"Meus avós viveram em terras vulcânicas,
Colhendo no vinho, colhendo no pão
O fogo do chão...

Eu sou uma herança de terras vulcânicas,
Há gosto de fogo no vinho e no pão
Que vêm do meu chão... (...)"[3]

por "esquisitas determinações do fado" parecem ser as nove ilhas do arquipélago dos Açores, a meio caminho entre a Europa e a América, uma das regiões de mais alta taxa de exportação indireta de poesia e de literatura de língua portuguesa no mundo. Para citar apenas alguns, Antero de Quental nasceu e morreu na Ilha de São Miguel. A mãe e os avós maternos de Fernando Pessoa eram da Ilha Terceira e, na adolescência, ele chegou a passar uma temporada naquela capital, Angra do Heroísmo. O escritor Vitorino Nemésio nasceu na Terceira, onde viveria até a adolescência. Os poetas Armando Cortes-Rodrigues e Natália Correia, além de Antero, eram de São Miguel. Jorge de Sena também tinha origem açoriana. E, no capítulo da literatura brasileira, além de Cecília Meireles, cuja mãe e avós maternos eram micaelenses, Machado de Assis tinha mãe também de São Miguel, enquanto Carlos Drummond de Andrade, com quem Cecília descobrira um parentesco remoto, também possuiria raízes genealógicas mergulhadas nas ilhas.
Contudo, apesar dos sucessivos convites, desde que voltara da América do Norte a única longa viagem que a escritora empreendeu na década de 40 fora ao Sul do Brasil, chegando ao Uruguai e à Argentina, em 1944 — périplo relatado em uma série de crônicas para jornais que enfeixou sob o título de "Rumo Sul".[4] Teria sido Cecília um dos primeiros intelectuais

---

2) Carta de Cecília Meireles a Armando Cortes-Rodrigues, 21 abr. 1946.
3) Poema "Atavismo", localizado no Arquivo Darcy Damasceno/Biblioteca Nacional do Rio de Janeiro.
4) In MEIRELES, Cecília. *Crônicas de viagem-1*. Rio de Janeiro, Nova Fronteira, 1998.

brasileiros a se interessar pela cultura e pela literatura da América Latina. Mesmo seu círculo de amigos já incluía, desde os anos 30, escritores chilenos, uruguaios, argentinos e mexicanos, entre os quais os mais conhecidos foram os também diplomatas Alfonso Reyes, do México, e a chilena Gabriela Mistral, Prêmio Nobel de Literatura em 1945.

Apenas ao final de 1951, tendo já quase terminado o *Romanceiro*, com um outro livro entregue ao editor (*Amor em Leonoreta*, que dedicaria aos irmãos Osório) e já avó do primeiro neto, a poeta de *Viagem* pôde, afinal, voltar à Europa. Com um roteiro bem delimitado: Holanda, onde se preparava a edição de poemas seus, e Bélgica; Paris, onde então estudava a filha atriz, Maria Fernanda; depois, Lisboa e os Açores.

Quando o avião fez uma escala na capital portuguesa, em 15 de outubro de 1951 (quase exatamente dezessete anos depois daquele primeiro desembarque no cais de Alcântara), esperavam-na no aeroporto da Portela o ensaísta José Osório de Oliveira e Raquel Bastos, o escultor Diogo de Macedo e sua segunda mulher, Eva Arruda. E jornalistas. Marques Gastão, um deles, pediu-lhe ali uma entrevista e, ainda, uma mensagem autógrafa, que, segundo o relato dele, Cecília escreveu "com os olhos marejados de lágrimas":

> "Estes portugueses, com a sua ternura, já estragaram hereditariamente o meu coração; e, ainda que quisesse me regenerar, não posso, pois continuam a estragá-lo cada vez mais."[5]

O cenário holandês, especialmente Amsterdam, fascinou-a a ponto de, conforme os seus relatos, ter passado noites e noites sem dormir, numa espécie de vigília poética que resultaria em um novo livro: *Doze noturnos da Holanda* — publicado em 1952 em conjunto com suas anotações lírico-metafísicas, viabilizadas pela disseminação das viagens aéreas, sobre a sensação do vôo (*O aeronauta*).

Em 24 de novembro, depois de alguns dias em Lisboa e um pernoite na Ilha de Santa Maria (onde encontrou "todos os poetas acordados"),[6] Cecília afinal desembarcava em São Miguel dos Açores. Viagem poeticamente planejada em muitas das 180 cartas que até então já enviara ao "irmão-poeta" Armando Cortes-Rodrigues — muitas das quais ela assinava com o "heterônimo" de "calafate João Manuel", avatar com que se propunha a associar-se um dia ao poeta açoriano em suas aventuras marítimas. Afinal,

---

5) Cf. Marques Gastão, *Diário de Lisboa*, 16 fev. 1967.
6) MEIRELES, Cecília. "Conferência sobre os Açores" (inédita), pronunciada no Rio de Janeiro em 17 jul. 1954.

havia muito a escritora tinha sagrado Cortes-Rodrigues com títulos imaginários como o de Almirante Almanzor (invencível, em árabe), a ele confiando missões líricas como a de fundar o "reino flutuante da poesia" (onde todos os poetas amar-se-iam). Ou a de localizar o galeão repleto de barras de ouro que teria submergido em tempos remotos aos pés de uma das ilhas do arquipélago. Além de outras tarefas mais imanentes, como a de ensiná-la sobre o folclore e a etnografia açorianos — foi munida das periódicas e generosas informações do organizador do *Cancioneiro geral dos Açores* e do *Adagiário popular açoriano* que ela viria a escrever "Panorama folclórico dos Açores, especialmente da Ilha de São Miguel", atribuindo ao amigo parte considerável da autoria.[7] Chegou ainda a brincar com o amigo açoriano sobre o prestígio de que as informações que ele lhe enviava acerca do folclore das ilhas iam desfrutando entre seus amigos, no Rio:

> "Este ramo de cantigas que me manda é uma preciosidade. Já lhe disse (...) que todos os meus amigos começam a interessar-se pelo folclore açoriano. E eu, importantíssima! com a exclusividade... A cantar de cima! E eles querem ir à fonte... E a fonte é V. E eu lhes digo assim: 'ah, a fonte é um poeta que está lá sentado à beira de um vulcão, que possui muitos barcos de flores... e uma piscina no meio das ondas, com diabinhos que fazem massagens nos banhistas... e nós nos comunicamos em linguagem cifrada, a certas horas, quando o vento está de feição...'",

escreveu-lhe em 21 de setembro de 1946.

Quando a viagem começou a sair do plano onírico e a ganhar contornos concretos na agenda da poeta, ela chegou a fazer, ainda no Rio, algumas recomendações a Cortes-Rodrigues:

> "Penso viajar de barco, como calafate que sempre fui.
> (...) Mas quero andar incógnita — tal como sou. Nada de conferências, entrevistas, reportagens, retratos em jornal.
> Não fale a ninguém da minha viagem, não me meta em complicações sociais."[8]

Seguiria para essa "aventura lírica" sozinha e tencionava hospedar-se no Hotel Terra Nostra sob o nome de Madame Cecília Grillo (sobrenome do marido). Quando, já em Lisboa, soube que Armando Cortes-Rodrigues

---

7) Publicado à sua revelia, por decisão de Cortes-Rodrigues, in *Insulana*, v. XX, Ponta Delgada, Instituto Cultural, 1955.
8) Carta de Cecília Meireles a Armando Cortes-Rodrigues, 17 maio 1951

estava planejando hospedá-la no Palácio do Governo Civil, em Ponta Delgada, mostrou-se assustada:

> "(...) Eu pretendia apenas ser vista por meia dúzia de pessoas, e andar incógnita por essa Ilha, a recolher emoções para sonhar mais. (...) a hospedagem oficial assusta-me muito — e a perspectiva de qualquer discurso destrói todos os meus sonhos açorianos. Farei, no entanto, como me aconselhar, para não perder a disciplina marítima..."[9]

O desenho imaginário da viagem seria em múltiplos aspectos retocado, tanto pelas contingências reais (o transporte de passageiros do Continente para as ilhas já era por avião) como possivelmente por algum excesso de admiração de Cortes-Rodrigues — ele considerava Cecília e Pessoa os dois poetas mais representativos da língua portuguesa.[10] "Más línguas" em Lisboa haviam-lhe dito que o aviãozinho que ligava Santa Maria à "ilha mágica" era tão pequeno, que mais parecia uma bicicleta. Mas ela embarcou na "bicicleta mágica"

> "(...) sem medo nenhum, como as crianças quando vão para a casa dos seus avós."[11]

Embora sem saber que no antigo aeroporto de Sant'Ana, que os habitantes de São Miguel ironicamente chamavam de "Aerovacas" (por prestar-se a pasto nas horas vagas), estava a esperá-la um grupo de autoridades e intelectuais convocados por Cortes-Rodrigues, o que daria o temido tom solene à sua chegada.

Além do poeta açoriano, acompanhado de sua jovem filha Maria Ernestina (que a escritora sagraria como uma de suas "aias" durante a estada na ilha), ali a aguardavam o governador dos Açores, Aniceto dos Santos, os escritores José de Almeida Pavão (posteriormente, autor de um sensível ensaio sobre a poesia ceciliana),[12] José Bruno Carreiro (biógrafo de Antero de Quental), Rui Galvão de Carvalho (que já havia escrito sobre "a açorianidade" em seus poemas),[13] o jornalista Silva Júnior, entre outros.

---

9) Carta de Cecília Meireles a Armando Cortes-Rodrigues, 13 nov. 1951
10) Cf. opinião transcrita por Margarida Teves Oliveira in catálogo da Exposição Comemorativa do Centenário de Nascimento de Armando Cortes-Rodrigues, Ponta Delgada, 1991.
11) In MEIRELES, Cecília. "Conferência sobre os Açores" (inédita).
12) "O portuguesismo de Cecília Meireles e os Açores", separata de *Ocidente*, v. LXXXIV, Lisboa, 1973.
13) "A açorianidade na poesia de Cecília Meireles", *Ocidente*, LX, v. XXXIII, Lisboa, 1947.

Mas ela preferiu enxergar com lirismo aquela contingência avessa ao seu sonho:

> "(...) não sei se o avião pousa numa folha ou numa flor, mas é uma espécie de jardim, novamente cheio de poetas, porque é impossível nascer nos Açores e não ter vontade de cantar."

recordaria.[14] No entanto, a surpresa com a solenidade da recepção talvez tenha sido responsável pela impressão de timidez que ela causou em alguns integrantes da comitiva, segundo o relato de José de Almeida Pavão. Ele lembraria que nenhum deles chegou a levar os discursos que a poeta temia, mas "boa parte dos presentes que a aguardavam não deixaram de manifestar o seu desapontamento ante o retraimento espontâneo, um tanto frio e quase agressivo a todas as manifestações que pretendessem porventura evidenciar a sua celebridade".[15] Afinal, numa breve alocução para uma emissora de rádio, ainda em Santa Maria, Cecília havia deixado claro que não desejaria que a recebessem "como uma escritora brasileira":

> "Se me perguntarem o que me traz aos Açores, apenas posso responder: a minha infância. (...) o romanceiro e as histórias encantadas; a Bela Infanta e as bruxas; as cantigas e as parlendas; o sentimento do mar e da solidão; a memória dos naufrágios e a pesca da baleia; os laranjais entristecidos e a consciência dos exílios.
>
> A dignidade da pobreza, a noção mística da vida, a recordação constante da renúncia; o atavismo cristão.(...)"[16]

diria, numa evidente alusão à figura da avó de São Miguel, que nomearia em outro trecho.

Impressão muito diferente ela causaria em circunstâncias mais informais, como a do encontro com o micaelense Roberto Arruda, cunhado de seu já velho amigo, o escultor e escritor Diogo de Macedo. "(...) a certa altura vi uma senhora, muito elegante e distinta, apear-se do automóvel do Governo Civil. (...) fui direito a ela e apresentei-me. Ela quis logo que eu entrasse em casa do Cortes-Rodrigues para falarmos. (...) ela é muito faladora e eu caí em êxtase ao ouvi-la. (...) Ficou combinado que almoçaria conosco no dia seguinte. (...) esta senhora é um encanto, uma simpatia como nunca

---

14) In MEIRELES, Cecília. "Conferência sobre os Açores" (inédita).

15) In PAVÃO, José de Almeida. "O portuguesismo de Cecília Meireles e os Açores". Op. cit.

16) "Saudação aos Açores", palavras proferidas no Aeroporto de Santa Maria em 23 nov. 1951, in MEIRELES, Cecília. *Antologia poética* (sel. e pref. de David Mourão-Ferrreira e Francisco da Cunha Leão, Lisboa, 1968).

encontrei. (...) Tem uma conversa deliciosa, imensamente feminina, sem a mais ligeira *pédanterie*".[17] Era, claro, Cecília Meireles.

A hospedagem de fato ocorreu no Palácio da Conceição, próximo ao cais e aos portais de Ponta Delgada, mas apenas para os pernoites. Posteriormente, ela agradeceria ao governador civil, que lhe deixara andar pela Ilha de São Miguel — "como se eu não fosse esta de hoje, mas um dos meus antepassados".

Parte dos cinco dias em que permaneceu na ilha ela passou em visita, com Cortes-Rodrigues (e conduzida pelo motorista Carreiro, que "subia pelas calçadas" das estreitas ruelas da cidade), a locais como o miradouro de Santa Iria, de onde de muito alto se avistam os caminhos de hortênsias e o Atlântico a bater nas escarpas de pedra. Museu Carlos Machado, com suas coleções de arte e etnografia açoriana, e a Igreja do Santo Cristo dos Milagres, tido como o protetor da ilha e de sua gente. Lagoa e caldeiras das Furnas — com o barulho "que vem do fundo da terra, de vulcões ainda não definitivamente apaziguados (...) e onde as crianças cozinham ovos para as bonecas". Lagoas de Sete Cidades, sobre cuja lenda deixaria um poema inédito — "como um livro aberto, com uma página azul e outra verde". As casas de pedras dos Arrifes e as tecedeiras com as quais celebraria "um parentesco de cinco séculos". Os ceramistas da Lagoa, onde assistiu ao trabalho dos operários e ganhou de presente um azulejo. As estufas de ananases da Abelheira. Os músicos regionais com suas violas da terra — que lhe apresentaram um baile popular com canções que ouvira sua avó entoar, na infância.

Em visita também à casa onde nascera (por sinal, nas vizinhanças da antiga morada de seus avós) o poeta Antero de Quental e ao banco da praça onde ele suicidou-se, bem ao lado do convento da Esperança, e ainda ao seu túmulo, onde depositou flores. Um detalhe: estudos genealógicos desenvolvidos na ilha pelo escritor João Bernardo d'Oliveira Rodrigues dão conta de um parentesco remoto entre Antero e Cecília.[18]

> "Na ilha que eu amo, (...)
> há veredas de hortênsias,
> lagos de duas cores,
> nascentes de água fria, morna e quente.
> Doce Ilha que foi de laranjas
> e hoje é de ananases! (...)

---

17) Carta de Roberto Arruda a Diogo de Macedo, localizada no Centro de Arte Moderna da Fundação Calouste Gulbenkian.
18) "A ascendência micaelense de Cecília Meireles", in *Insulana*, v. XX, 1964; e MEIRELES, Cecília. "Conferência sobre os Açores" (inédita).

(...) a Ilha está pousada em fogo,
cercada de oceano.
E seu limite mais firme é o inconstante céu. (...)"

diz um poema memorialístico ("Pastoral V", *Poemas de viagens*). Cecília, de fato, não viu os laranjais que perfumavam a ilha à distância, segundo o relato de sua avó, devastados que haviam sido por uma praga muitas décadas antes — o que seria uma das causas da emigração de seus antepassados para o Brasil.

Mas visitaria, especialmente, o distrito conhecido como Fajã de Cima, a uns três quilômetros de Ponta Delgada, onde haviam nascido, casado e vivido, cultivando a terra, seus avós, Jacinta da Conceição Garcia e Manuel da Costa Benevides, até virem para o Rio de Janeiro — local onde também nascera, em 23 de julho de 1870, sua mãe, Mathilde Garcia Benevides, que viria a se tornar uma das primeiras professoras formadas no Brasil. (Em 1972, o governo de São Miguel daria o nome de Cecília Meireles à rua onde residiram seus antepassados.)[19]

A outra parte dos dias micaelenses Cecília passou no número 101 da antiga Rua do Frias — casa do "almirante" Cortes-Rodrigues, localizada a poucos passos do Jardim José do Canto, ensombrecido por árvores seculares. Ali, naquela sólida casa assobradada, tão parecida com os casarões coloniais de Ouro Preto, ela fez refeições preparadas no fogão a lenha por Senhora, a empregada do poeta, sob a supervisão de sua filha Maria Ernestina. Experimentou o reputado vinho da ilha do Pico, no passado consumido pelos "tzares de todas as Rússias". Divertiu-se com o telefone a manivela do poeta, que passou a chamar de "realejo". Apreciou o presépio da sala de jantar, mantido sob uma discreta cortina que só se abria na época do Natal, para os netos do escritor. Viu a sua própria fotografia, que lhe mandara anos antes do Rio de Janeiro, com uma dedicatória, sobre a secretária do amigo — e que este ali conservaria até morrer. Riu com as caricaturas do artista plástico Domingos Rebelo (1891-1975), de quem já possuía uma aquarela no Rio de Janeiro, sobre os hábitos cotidianos do anfitrião. E se deliciou com os doces típicos, como as queijadas da Vila, os pingos de tocha e o bolo lêvedo. "Ela era simples como quase todos os artistas, para ela tudo estava bom", lembraria Maria Ernestina, filha do poeta açoriano. "Sabia ouvir e ficar silenciosa, mas quando desandava a falar, disparava."[20]

---

19) In *Açores*, 19 set. 1972.
20) Cf. conversa de Maria Ernestina Cortes-Rodrigues Pereira Bica com esta autora. Lisboa, 21 jul. 1998.

"Quando o poeta Armando Cortes-Rodrigues, uma das glórias de São Miguel, me levou para ver o mar de perto, e me contou como apanhava sardinhas com as mãos e depois de conversar com elas as mandava de novo para seus palácios de sal, isso me pareceu mágica muito antiga: do tempo do [descobridor] Gonçalo Velho. (...)"

recordaria a poeta.[21] Afinal, o autor de *Horto fechado e outros poemas* e de *Cantares da noite*, que era também professor de língua portuguesa e francesa no Liceu Antero de Quental de Ponta Delgada, embora fosse, segundo o relato de seus amigos, um grande apreciador das boas coisas da vida, também cultivava hábitos franciscanos, o que lhe devia abrir trânsito para conversas com peixes, animais e outras entidades — uma das idiossincrasias que devem ter contribuído para que se tornasse o mais assíduo interlocutor epistolar da poeta carioca.

Anos depois daquela visita, Cortes-Rodrigues assim se referiu aos dias (que nunca mais se repetiriam) em que esteve "frente a frente" com Cecília: "para além da tua presença física, da fundura marinha dos teus olhos, do teu sorriso compreensivo e acolhedor, da tua voz de agasalho e lonjura, foste para os meus olhos de solitário a personificação da realidade humana da Poesia".[22] A ela ainda dedicou o poema "Retrato":

> "Meu corpo é água.
> Onda que vai e que vem,
> abraça, foge, não pára
>
> No fundo, mágoa. (...)"

Além das cartas e dos livros (dela mesma e de muitos outros autores, brasileiros e estrangeiros) que lhe continuou enviando até meses antes de morrer, Cecília dedicou pelo menos um poema ao amigo "invencível":

> "Aquele que caminha ao longo das praias
> e vai dando a volta à sua Ilha,
> fala com pescadores e sereias
> com a maior naturalidade. (...)"
> "Inscrição Natalícia", in *Poemas II*

Um ano depois da visita a São Miguel, que ela viria a incluir entre as

---

21) MEIRELES, Cecília. "Conferência sobre os Açores" (inédita).
22) CORTES-RODRIGUES, Armando. "Em louvor de Cecília Meireles", transcrição do programa radiofônico *Voz do Longe-32*.

maiores emoções de sua vida — e que também evocaria em crônicas, conferências e poemas, como "Romance açoriano" —, Cecília participava da inauguração da Casa dos Açores no Rio de Janeiro, ao lado de um de seus fundadores, o poeta Vitorino Nemésio, nascido na Ilha Terceira. Em sua bucólica morada do bairro do Cosme Velho, receberia ainda muitos outros poetas das ilhas em suas passagens pelo Rio, como, em 1955, o escritor João Afonso, também da Terceira.

Certa vez, numa carta, considerou que a visão real de São Miguel não fora para ela propriamente uma surpresa: "A paisagem é como se fosse a do meu quintal, na infância".

* * *

De volta a Lisboa, a poeta seria "raptada" pelo escultor Diogo de Macedo (1889-1959), então diretor do Museu de Arte Contemporânea de Lisboa, e por sua mulher, Eva Arruda (nascida na Ilha de São Miguel), e levada para a casa deles, à Avenida Antônio Augusto de Aguiar — o "pouso dos 4 AAAA", como ela chamaria. Ali Cecília permaneceu hospedada por longos dias.[23] Logo à chegada, deve ter ficado surpresa ao saber de duas "grandes homenagens" que lhe estavam preparando na capital portuguesa. A primeira, marcada para 7 de dezembro de 1951, no Museu João de Deus, deveria ser uma "festa da poesia", organizada pelos poetas Adolfo Casais-Monteiro, David Mourão-Ferreira, Sophia de Mello Breyner Andresen, Jorge de Sena, Alberto de Lacerda, entre muitos outros. A segunda, no dia seguinte, seria um banquete promovido pelo Secretariado de Propaganda Nacional, que já não estava sob o comando de Antonio Ferro, marido de sua grande amiga Fernanda de Castro.

Assim, Cecília chegou a marcar a volta ao Brasil para 9 de dezembro. Fosse, porém, por encontrar-se fragilizada pela emoção da viagem aos Açores, fosse em decorrência das "inconstâncias atlânticas e das frias brisas das noites e do Tejo", a poeta adoeceu às vésperas das recepções em que seria homenageada.[24] Um forte lumbago passou a dificultar-lhe os movimentos. Fisioterapeutas e massagistas foram rastreados em Lisboa, sem sucesso. Na esperança de melhora, ingeriu uma tal dose de medicamentos que acabou passando "entorpecida o dia em que os poetas me festejavam".[25] Também não compareceu ao banquete do Secretariado.

Apesar de sua ausência, a homenagem dos poetas, com os respectivos

---

23) In MEIRELES, Cecília. "Meu amigo Diogo". *Ocidente*, v. LVI, Lisboa, 1959.
24) Idem, ibidem.
25) Idem, ibidem.

discursos, aconteceu. E seria lembrada por um deles, o também crítico Adolfo Casais-Monteiro: "Nela colaboraram poetas de idades e tendências bem diferentes, numa unanimidade que raramente se vê. Mas o destino, que é irônico, quis que nas palavras que lhe dirigíamos nos voltássemos afinal para um lugar vago(...)".[26] Por sua vez, João Gaspar Simões chegou a mencionar o "desapontamento de Sophia de Mello-Breyner, uma das promotoras" do evento, diante da ausência da escritora brasileira.[27] Contudo, Sophia Breyner depois também integraria o largo grupo de escritores portugueses que dedicaram poemas e também estudos a Cecília.[28]

A ausência em ambas as festas — em que talvez também tenha pesado uma certa renúncia a honrarias, de influência oriental — deve ter ajudado a adensar a aura de mistério e a impressão de frieza e retraimento que a poeta talvez suscitasse em pessoas menos próximas. O mesmo Gaspar Simões, que a chamou de "distante, ausente, vaga", afirma tê-la encontrado na Rua Garrett, em pleno Chiado, acompanhada de Diogo de Macedo, em 1938 — quatro anos depois do primeiro encontro de ambos, em Coimbra, quando, segundo suas próprias palavras, ele ficara "eletrizado" com a presença da poeta. Ora, ocorre que, em 1938, Cecília não esteve em Portugal (permanecia no Rio dando aulas na Universidade do Distrito Federal e preparando a publicação de *Viagem*). Dessa forma, ou ele se equivocou (atribuindo a 1938 um encontro passível de ter acontecido treze anos mais tarde, em 1951, quando da segunda visita dela a Portugal), ou, de fato, a "aura de mistério", apregoada por muitos (brasileiros e portugueses), chegou a ultrapassar a fronteira do imanente.

Seja como for, parece certo que aqueles dias em Lisboa, por desencontros como os sucedidos, frustraram e até mesmo amarguraram a poeta. Ela nem chegaria a rever alguns de seus grandes amigos portugueses, como Fernanda de Castro. Esta então passava a maior parte do tempo na Suíça, acompanhando o marido, transferido em missão diplomática. Contudo, as duas escritoras continuaram trocando cartas, telefonemas, poemas e até mesmo receitas culinárias até pouco antes da morte de Cecília, em 1964. E Fernanda conservaria até morrer, em 1994, o retrato da amiga brasileira sobre o piano de sua bela morada da Calçada dos Caetanos, em Lisboa, tendo ainda dedicado poemas e páginas de suas memórias a Cecília. "Minha

---

26) In MONTEIRO, Adolfo Casais. *Figuras e problemas da literatura brasileira contemporânea*. São Paulo, Instituto de Estudos Brasileiros, 1972, pp. 139-144.
27) Simões, João Gaspar. "A distante, ausente, vaga Cecília Meireles". In Memórias da minha vida literária, *A Capital*, Lisboa, 3 jun. 1975.
28) BREYNER, Sophia de Mello. "A poesia de Cecília Meireles". In *Cidade Nova*, IV série, n. 6, nov. 1956, pp. 341-352.

mãe considerava Cecília Meireles a sua melhor amiga e falou sobre ela durante toda a vida", recordaria Fernando de Castro Ferro, filho do casal de escritores.[29]

> "Tinhas de fato um fundo de melancolia cuja causa, dizias tu, eram as tuas raízes açorianas, a tua insularidade. Mas havia em ti outra faceta, que era o teu espírito irônico e brincalhão que aparecia de repente. (...) Passavas freqüentemente do desânimo ao entusiasmo, da palavra exata e precisa ao imprevisto e até ao cômico"

recordou Fernanda de Castro, muitos anos depois da morte de Cecília, em um de seus livros de memórias.[30] Ela também evocaria a amiga em poemas como "Quem pudera, Cecília!": "Tinhas razão (...) / Em Portugal as estações são festas".

Mas, naquela passagem de 1951 pela capital portuguesa,

> "Tudo correu às avessas, apressadamente, sem ser por culpa de ninguém, mas por força dos acontecimentos. (...) Voltei [ao Brasil] adoentada, contra a vontade do Diogo."[31]

Ainda assim, nos dias de melhora, Cecília pôde conhecer novos poetas — alguns deles, organizadores da homenagem no Museu João de Deus. David Mourão-Ferreira foi um deles, e conseguiu que ela lhe enviasse, para os seus fascículos da *Távola Redonda,* quatro poemas inéditos ("Improviso", "Sorte", "14ª Canção" e "15ª Canção"). Ele os publicou na edição de número 12, em fevereiro de 1952, ao lado de um longo comentário de sua própria autoria sobre a poesia ceciliana. Em outra ocasião, Mourão-Ferreira e os demais escritores da *Távola* reagiriam com indignação, e também com fidelidade, quando um crítico brasileiro, denotando rara deselegância, atacou Cecília em entrevista a um jornal de Lisboa.[32] Com outros poetas desapontados com sua ausência, ela tentou redimir-se — Sophia de Mello Breyner contou ter recebido uma cesta de Natal de Cecília naquele ano.[33]

---

29) Em conversa com esta autora, em 2 ago. 1998, no Estoril.

30) CASTRO, Fernanda de. *Cartas para além do tempo.* Odivelas, Europress, 1990, p. 48.

31) Carta a Cortes-Rodrigues, 19 dez. 1951.

32) Agripino Grieco, in *Ler*, Lisboa, n. 3., jun. 52. Resposta em *Távola Redonda*, n. 14, 31 out. 1952, p. 7.

33) Conforme entrevista de Sophia de Mello Breyner à *Folha de S. Paulo*, Caderno *Mais*, 26 set. 1999, p. 8.

Foi ainda em 1951 que ela conheceu pessoalmente Jorge de Sena — por sua vez, também ausente, este havia pedido a um outro poeta que lesse a saudação que escrevera para aquela homenagem no Museu João de Deus (sua mulher, Mécia, estava prestes a dar à luz ao segundo filho, no Porto). "[Cecília Meireles foi] uma das pessoas mais extraordinárias que jamais conheci e um dos maiores poetas que podereis ler", diria Sena, anos depois, durante uma outra homenagem à poeta, já póstuma, prestada nos Estados Unidos.[34]

Mas, naquela segunda temporada em Lisboa, Cecília pôde, especialmente, aproximar-se ainda mais de Diogo e Eva — os *Dioguevas*, como passaria a chamar o casal de amigos desde a sua passagem pelo Rio de Janeiro, em 1950. O artista fora conferir de perto a arte brasileira, tendo adquirido algumas obras para o museu que dirigia. Encontro carioca que ela assim sintetizaria:

> "Em 1950, [Diogo] veio até o Brasil, sem mandar uma linha de aviso. Tivemos de ir descobri-lo, pois era capaz de chegar e partir sem dizer nada — e eu queria agradecer-lhe antigos obséquios. Por fim, (...) o caçamos, mais a Eva, e ficaram sendo os Dioguevas (...)."[35]

Na realidade, a correspondência entre o escultor e a poeta começara em 1935, pouco depois da primeira viagem dela a Portugal. Logo após ter lido *Viagem*, Diogo escrevia a Cecília: "(...) não sei dizer-lhe quanto a admiro. Os críticos é que friamente, sabiamente, lhe falarão de seu livro, não como merece, mas como eles sabem fazer. (...) Mas V. não faça uso deles, bons ou maus. Viaje mais, viaje sempre (...)", aconselhou.[36]

Cecília ainda lembraria o desencontro com uma mala sua que, na viagem Paris-Lisboa, acabara indo parar na Espanha — o que acabou atrasando sua ida aos Açores e provocou tiradas de bom humor do "turco de Malfamude", como por vezes chamava o também *Dioguíssimo*. No fundo, admirava profundamente o amigo artista e escritor, inclusive como autor de livros em favor dos "injustiçados e esquecidos". Quando melhorou do lumbago, os *Dioguevas* levaram-na ao Porto para fotografar a casa onde nascera um poeta do qual andava muito próxima naqueles tempos de escritura do *Romanceiro da Inconfidência*: Tomás Antônio Gonzaga.

---

34) Cf. carta de D. Mécia de Sena a esta autora, fevereiro de 1999. SENA, Jorge de. "Algumas Palavras". In *Estudos de cultura e literatura brasileira*. Lisboa, Edições 70, 1988, p. 35.

35) MEIRELES, Cecília. "Meu amigo Diogo". Op. cit.

36) Cópia de carta de Diogo de Macedo encontrada no Arquivo Darcy Damasceno/ Biblioteca Nacional do Rio de Janeiro.

"Para onde vou, que o dia se me afigura tão leve, e a paisagem mais bela que nunca? (...) E eis-me aqui, mais de duzentos anos depois do nascimento dessa criança, a contemplar a sua casa como se fosse a de um parente querido. Quem diria, Gonzaga, que nascias aqui, mas era ao Brasil que pertencerias? (...)"

Assim Cecília registraria o passeio memorialístico, na crônica "A casa e a estrela".[37] O périplo ainda mereceu um poema, "Casa de Gonzaga", inserido nos póstumos *Poemas de viagens*.

Nos dias de hospedagem em casa dos *Dioguevas*, a escritora descobriu que ela e o casal pertenciam à "mesma confraria" — àquela "dos que se riem à sua própria custa, dos seus enganos, das suas fraquezas, dos seus momentos ridículos". Deles se despediu, ao voltar ao Rio, comovida com "a amabilidade e a paciência" com que a acolheram durante sua doença. Foi, ainda, provavelmente no "pouso dos 4AAAA" que ela viria a terminar seu livro *Doze noturnos da Holanda*, publicado logo depois de seu regresso ao Brasil. O indício são as cópias dos manuscritos datilografados encontradas com os papéis de Diogo de Macedo.

* * *

Em 29 de dezembro de 1952, Cecília pisava outra vez o solo de Lisboa. Mas ainda apenas para uma escala. Seguia então para a Índia, outro itinerário por muitas décadas sonhado. No aeroporto, outra vez a esperavam "os amigos fiéis" — entre eles, os indefectíveis José Osório de Oliveira e Diogo de Macedo —, com caixinhas de doces portugueses.

Desde que sua "Elegia sobre a morte de Gandhi" (que escrevera em estado de prostração, em 1948, ao saber do assassinato daquele seu "mito de adolescência") fora vertida para idiomas da Índia, além de várias línguas ocidentais, passaram a se suceder convites para uma visita ao grande país asiático. Mergulhada na escritura do *Romanceiro*, acabara adiando essa viagem até ser convocada a participar, ao lado de prêmios Nobel da Paz e de professores do Collège de France,[38] de um congresso internacional sobre as idéias pacifistas do *mahatma* em Nova Délhi, com início marcado para 5 de janeiro de 1953 — e a visitar depois a Índia a convite do primeiro-ministro Jawarharial Nehru. Nessa ocasião, receberia o título de doutora

---

37) MEIRELES, Cecília. *Crônicas de viagem-2*. Rio de Janeiro, Nova Fronteira, 1999, pp. 179-183.

38) MEIRELES, Cecília. "Retrato de uma outra família". In *Crônicas de viagem-2*. Op. cit., p. 176.

honoris causa da Universidade de Delhi. O saldo poético dessa viagem foi o livro *Poemas escritos na Índia*, publicado em 1961.

Daquela vez, o marido da poeta, Heitor Grillo, pôde ir encontrá-la, em meados de janeiro, em Nova Delhi. E de lá seguiriam — uma vez que não se confirmou o vaticínio de um horóscopo hindu, segundo o qual ela morreria em solo indiano — para uma longa temporada de viagens. Uma das primeiras escalas foi Goa, para uma permanência de uma semana, a convite do governo português.

> "Goa foi uma festa arrasadora. Quase me matam com foguetes, flores, comidas, cantigas, danças e jornalistas! Ai, como há jornalistas em Goa",

relataria ao poeta Armando Cortes-Rodrigues.[39]

De volta à Europa, Cecília e Heitor Grillo passaram uma longa temporada na Itália. Ele, em missão de trabalho. Ela, em novas explorações poéticas, que resultaram em livros como *Poemas italianos*, *Pistóia, cemitério militar brasileiro* ou *Romance de Santa Cecília*, além de uma coleção de crônicas. Incursionaram também pela França, Holanda e Bélgica. "Tenho a mala carregada de versos", ela relataria em uma carta.

Em julho de 1953, o casal estava em Lisboa, de onde regressaria ao Brasil. Cecília ainda visitou o Alentejo e, depois, já de volta à capital, outro poeta amigo: Vitorino Nemésio. Conhecera o autor de *O pão e a culpa* — com quem esporadicamente se correspondia desde 1939 —, em 1952, durante a inauguração da Casa dos Açores, no Rio. As "raízes açorianas de Cecília ajudaram a nossa amizade quando nos conhecemos, encontrados quase sempre a breve prazo, a não ser no inverno brasileiro de 1952, na sua cidade natal do Rio de Janeiro. Então, como em 1958 — mas cruzados à pressa, e pela última vez —, conferimos as coisas que estimávamos, falamos dos amigos comuns. Afonso Duarte, grande poeta como ela, foi uma das maiores afeições que [em Portugal] semeou", lembraria Nemésio.[40]

Foi também nessa temporada que a poeta e o marido, acompanhados dos *Dioguevas,* saíram em outras incursões pela terra lusíada:

> "A mais bela, nesse tempo, foi decerto a excursão a Coimbra, em que íamos todos como uns estudantes em férias, com doces pelos caminhos, sonhos de Monsaraz e malvasias, estátuas velhas e novas, amigos a visitar, igrejas de muitas antiguidades, ruelas de barbas limosas, e todos aqueles nomes nas indicações das estradas, que eu me propunha

---

39) Carta de Cecília Meireles a Armando Cortes-Rodrigues datada de Roma.
40) In *A Esfera*, Lisboa, dez. 1964, p. 7.

a explicar etimologicamente num futuro compêndio para nosso uso particular."[41]

Celorico, Fornos de Algodres, Freixo de Espada à Cinta eram alguns dos nomes que intrigavam o grupo. "Portugal está bordado de palavras surpreendentes (...). E o que não daríamos para ficar conversando sobre esses nomes, viajando por dentro das palavras, na paisagem do tempo, muitas vezes mais bela que a paisagem do espaço", escreveu Cecília em uma crônica.

A escritora ainda pôde rever muitos de seus recantos preferidos em Lisboa e arredores: os lados da Graça, a ermida de São Gens, o Castelo de São Jorge, as ruelas da Mouraria e da Alfama, a Feira da Ladra com seus alfarrabistas, os bosques e os azulejos de Queluz, o Chafariz do Carmo — onde detectaria passos de Gonzaga —, o Tejo com seus barquinhos, a Academia de Ciências com seu lampião bruxuleante.[42]

Quase cinco anos depois, em março de 1958, ao voltar de uma viagem a Israel, onde ela também fora realizar conferências, o avião em que Cecília viajava fez uma aterrissagem imprevista em Lisboa. Sem que daquela vez ali a esperassem os "amigos fiéis":

> "(...) eram altas horas. (...) pensei com melancolia nos meus amigos, ali perto e tão longe! Pensava especialmente nos *Dioguevas:* mas não me animei a perturbá-los na sua paz."[43]

* * *

Foi a última vez que Cecília Meireles pisou o solo lusíada.

Em 1959, desaparecia o amigo Diogo de Macedo. Sem que, com Heitor Grillo e Eva Arruda, tivessem chegado à Turquia, como andavam planejando.

No Brasil, sempre no mesmo ritmo frenético de trabalho, Cecília ainda escreveu dezenas de artigos, crônicas, conferências. E poemas. Ainda publicou livros importantes como *Metal Rosicler* e, principalmente, *Solombra*.

Escreveu também a *Crônica trovada,* em celebração ao quarto

---

41) In MEIRELES, Cecília. "Meu amigo Diogo". Op. cit.
42) Cf. crônicas "Até Lisboa" e "O passeio inatual", in MEIRELES, Cecília. *Crônicas de viagem-3.* Op. cit.
43) Idem.

centenário da cidade que mais amou, aquela onde nasceu, viveu, criou a maior parte de sua vastíssima obra e onde viria a morrer: o Rio de Janeiro. Livro que narra a chegada e o deslumbramento da missão do capitão Estácio de Sá diante da beleza natural daquelas paragens de mar, rios, floresta e montanhas onde se levantaria a "mui leal e heróica" cidade de São Sebastião do Rio de Janeiro. Obra que revive o encontro dos portugueses com os índios e o lento impacto desse desembarque sobre a vida plácida e comunitária desses mais antigos habitantes.

> "(...)
> Os montes, de grande altura,
> nas nuvens se vão perder.
> A pedra do Pão de Açúcar
> À beira da água se vê.
> (...)
> Pelos ares de ouro voam
> canindés, maracanãs,
>
> > que aves são de belas penas
> > com que o índio sabe enfeitar
> > mantos, tacapes, diademas,
> > arco, flechas e cocar."
>
> ["O lugar"]

Ela não estava mais presente quando aconteceram as comemorações do quarto centenário, em 1965. Tentou concluir esse livro, que também evoca Anchieta, já no leito do hospital, em São Paulo, onde passou em tratamento alguns meses. Mas a *Crônica trovada* ficaria inacabada.

Em 9 de novembro de 1964, depois de dois anos e meio de luta contra a enfermidade, ela mesma, aos 63 anos mal completos, desaparecia "na curva da estrada".

> "Vontade de partir para tornar a voltar. E é quando avistas as gaivotas que sobem tão lisas (...). Se lhes perguntares aonde irão pousar, depois de terem visto o mundo, as viagens, o ar sem termo, a largueza da água, responderão: 'Em LISBOA.' Em Lisboa (...)."[44]

Os poetas da Lusitânia voltaram a escrever sobre ela. E, pouco depois de sua morte, a câmara municipal lisboeta dava o nome de Cecília Meireles a uma rua do bairro de Benfica.

---

44) MEIRELES, Cecília. "Evocação Lírica de Lisboa". Op. cit.

REFERÊNCIAS BIBLIOGRÁFICAS

1. Obras de Cecília Meireles

——————————. *Antologia poética*, David Mourão-Ferreira e Francisco da Cunha Leão (orgs.). Lisboa, Guimarães Editores, 1968.

——————————. *Batuque, samba e macumba*. 2. ed. Rio de Janeiro. Funarte/Instituto Nacional do Folcore, 1983.

——————————. *Cecília e Mário*. Rio de Janeiro, Nova Fronteira, 1996.

——————————. Conferência sobre os Açores. 1954 (inédita).

——————————. Conferência sobre Antero de Quental. s.d. (inédita).

——————————. Conferência sobre a poesia portuguesa moderna. s.d. (inédita).

——————————. *Crônicas de viagem 1, 2 e 3*. Rio de Janeiro, Nova Fronteira, 1999 e 2000.

——————————. *Crônicas em geral 1*. Rio de Janeiro, Nova Fronteira, 1998.

——————————. "De Antônio Diniz às Cartas chilenas: nomes e alegorias". *Diário de Notícias*. Rio de Janeiro, 15 fev. 1959.

——————————. *O espírito vitorioso*. Rio de Janeiro, Anuário do Brasil, 1929.

——————————. "Evocação lírica de Lisboa". *Atlântico*, n. 6, Lisboa-Rio de Janeiro, 1948; e *Crônicas de viagem 1*, ed. cit.

——————————. *Flores e canções*, M.H. Vieira da Silva (ils.). Rio de Janeiro, Confraria dos Amigos do Livro, 1979.

——————————. "Meu amigo Diogo". *Ocidente*, Lisboa, v. LVI, 1959.

——————————. *Notas de folclore gaúcho-açoriano*. Rio de Janeiro, MEC, 1968.

——————————. *Notícia da poesia brasileira*. Coimbra, Biblioteca Geral da Universidade/Cursos e Conferências de Extensão Universitária, 1935.

——————————. *Obra poética*. Rio de Janeiro, Nova Aguilar, 1958.

——————————. "Panorama folclórico dos Açores, especialmente da Ilha de São Miguel". *Insulana*. Ponta Delgada, Instituto Cultural, 1955.

——————————. *Poesia completa*. 4. ed. Rio de Janeiro, Nova Aguilar, 1994.

——————————— (org.). *Poetas novos de Portugal*. Rio de Janeiro, Dois Mundos, 1944.

——————————. "Um enigma do século XVIII: Antonio Diniz da Cruz e Silva". *Atas do Colóquio Internacional de Estudos Luso-Brasileiros*. Washington D.C., 15-20 out. 1950.

2. De outros autores

AFONSO, João. "Carta inédita de Cecília Meireles". *Colóquio Letras*, n. 61, Lisboa, maio 1981.

AGUILAR, Nelson A. "Vieira da Silva no Brasil". *Colóquio Artes*, 2ª série, n. 27, abr. 1976.

"Algumas poesias inéditas de Cecília Meireles". *Diário de Lisboa*, 9 nov. 1934.

ALMEIDA, Viana de. "Cecília Meireles conferencista". *Diário de Lisboa*, 13 mar. 1935.

ALMINO, João. "A literatura da cisma" [entrevista com Sophia de Mello Breyner]. *Mais!, Folha de S. Paulo*, 26 set. 1999.

ANDRADE, Carlos Drummond de. "A alma tumultuosa de Antonio Ferro". In SARAIVA, Arnaldo. *O modernismo brasileiro e o modernismo português - Documentos dispersos*. Porto, s.ed., 1986.

ANDRADE, Mário. *O empalhador de passarinho*. 3. ed. São Paulo/Martins, Brasília/INL. 1972.

BATISTA, Marta Rossetti. "Centenário de nascimento de Anita Malfatti". *Revista do Instituto de Estudos Brasileiros*, n. 31, Universidade de São Paulo, 1990.

BOTELHO, Carlos. "Diogo de Macedo, artista e homem". *Ocidente*, Lisboa, v. LVI.

"O Brasil e a sua educação, conferência de Cecília Meireles na Faculdade de Letras". *Diário de Lisboa*, 18 dez. 1934.

BRÉCHON, Robert. *Estranho estrangeiro. Uma biografia de Fernando Pessoa*, Maria Abreu e Pedro Tamen (trad.). Lisboa, Quetzal Editores, 1996.

BANDEIRA, Manuel. *Poesia e prosa*. 2 v. Rio de Janeiro, Nova Aguilar, 1958.

BARROS, João de. "Mar absoluto". *Diário de Lisboa*, 27 set. 1946.

BREYNER, Sophia de Mello. "A poesia de Cecília Meireles". *Cidade Nova*, IV série, n. 6, nov. 1956.

CACCESE, Neusa Pinsard. *Festa*. São Paulo, IEB/USP, 1971.

CARPEAUX, Otto Maria. "Poesia intemporal". *Livros na mesa*. Rio de Janeiro, São José, 1960.

CARVALHO, Maria de. "Cecília Meireles". *Diário de Lisboa*, 8 dez. 1934.

CARVALHO, Rui Galvão de. "A açorianidade na poesia de Cecília Meireles". *Ocidente*, v. XXXIII, Lisboa, 1947.

CAMPOS, Geir. "Meu encontro com Cecília". *Diário de Notícias*, Rio de Janeiro, 15 nov. 1964.

CASTRO, Fernanda de. *Ao fim da memória*. 2 v., 2. ed. Lisboa, Verbo, 1988.

——————. *Cartas para além do tempo*. Odivelas, Europress, 1990.

"Cecília Meireles, a maior poetisa da língua portuguesa". *Diário dos Açores*, Ponta Delgada, 18 set. 1972.

"Cecília Meireles consagrada em Lisboa". *Diário de Notícias*, Lisboa, 20 jan. 1965.

"Cecília Meireles trouxe-nos notícias da poesia brasileira". *Diário de Lisboa*, 7 dez. 1934.

COELHO, Jacinto do Prado (dir.). *Dicionário de literatura*. Figueirinhas-Porto, 1983.

COELHO, Nelly Novaes. "Cecília Meireles e Fernando Pessoa". *Comunidades de língua portuguesa*, n. 9, jan.-jun. 1996.

CORREIA, João da Silva. "Discurso pronunciado em 18 de dezembro de 1934 ao apresentar a poetisa brasileira D. Cecília Meireles na conferência que esta realizou na Faculdade de Letras". *Revista da Faculdade de Letras*, Lisboa. 4, 1937.

CORREIA, Vergílio. "A exposição Correia Dias". *A Águia*, v. V, 2ª série. Porto, jan.-jun. 1914.

CORTESÃO, Jaime. "Álvaro Pinto e a Renascença Portuguesa". *Ocidente*, n. 226, v. LII, Lisboa, 1957.

CORTES-RODRIGUES, Armando. *Canção da vida vivida*. Ponta Delgada, Instituto Cultural de Ponta Delgada, 1991.

——————. "Em louvor de Cecília Meireles". *Voz do Longe*, Ponta Delgada, 1974.

CRISTÓVÃO, Fernando. "Compreensão portuguesa de Cecília Meireles". *Colóquio Letras*, n. 46., Lisboa, nov. 1978.

——————. Apresentação a "Cartas inéditas de Cecília Meireles a Maria Valupi". *Colóquio Letras*, n. 66, Lisboa, mar. 1982.

CUNHA, Teresa Sobral e SOUSA, João Rui de. *Fernando Pessoa: o último ano*. Lisboa, Biblioteca Nacional, 1985.

CUNHA, Vieira da. "Um artista" [s/ Correia Dias]. *Revista da Semana*, Rio de Janeiro, 24 maio 1919.

DAMASCENO, Darcy. "Poesia do sensível e do imaginário". In MEIRELES, Cecília, *Obra poética*, op. cit.

"Dez minutos com Fernando Pessoa". *Diário de Lisboa, Suplemento Literário*, 14 dez. 1934.

DIAS, Marina Tavares. *A Lisboa de Fernando Pessoa*. Lisboa, Assírio & Alvim, 1998.

FAGUNDES, Francisco Cota. "Fernando Pessoa e Cecília Meireles: a poetização da infância". *Persona*, Porto, n. 5, abr. 1981.

FREIRE, Natércia. "Aluna do paraíso". *Diário de Notícias,* Lisboa, 7 dez. 1969.

——————. "Cecília Meireles". *Diário de Notícias,* Lisboa, 12 nov. 1965.

——————. "Um fantasma de poesia: *Amor em Leonoreta*". *Ocidente,* Lisboa, n. 56, jun. 1959.

FONSECA, Edson Nery da. "Três poetas brasileiros apaixonados por Fernando Pessoa". *Colóquio Letras,* n. 88, Lisboa, nov. 85.

GARCIA, José Manuel. *O essencial sobre Jaime Cortesão*. Lisboa, Imprensa Nacional-Casa da Moeda, 1987.

GALHOZ, Maria Alíete. "Aproximação a *Cânticos* de Cecília Meireles". *Nova Renascença*, n. 44, Lisboa, inverno 1992.

——————. "Um certo barroco em Cecília Meireles". *Colóquio*, n. 32, fev. 1965.

GASTÃO, Marques. "Evocações de uma grande poetisa". *Diário de Lisboa,* 12 nov. 1964.

——————. "Dois autógrafos de Cecília Meireles, a grande poetisa da língua portuguesa". *Diário de Lisboa*, 12 fev. 1967.

GOMES, Agostinho. "Nótula à margem da obra de Cecília Meireles". *Brasília*, Instituto de Estudos Brasileiros, Universidade de Coimbra, 1946.

GOMES, J. Costa. "Diogo de Macedo, o mais intelectual dos artistas gaienses". *Amigos de Gaia*, maio. 1982.

GOTLIB, Nádia Battella. "Cecília, a dos olhos verdes". In GARCEZ, Maria Helena e RODRIGUES, Rodrigo Leal. *O Mestre*. São Paulo, Green Forest do Brasil. 1997.

—————. "Nem ausência, nem desventura: ser poeta (a poesia de Cecília Meireles)". *Revista da Biblioteca Mário de Andrade*, n. 53, São Paulo, 1995.

GOUVEIA, Margarida Maia. *Cecília Meireles: uma poética do eterno instante.* Ponta Delgada, Universidade dos Açores, 1993 (versão policopiada).

—————. *Cecília Meireles e Vitorino Nemésio, o sentimento do mar e da solidão*. Lisboa, Instituto de Cultura Brasileira, 1984.

Grande enciclopédia portuguesa e brasileira. Lisboa-Rio de Janeiro, Editorial Enciclopédia, 1985.

"A ilustre poetisa brasileira d. Cecília Meireles, que falou ontem na Biblioteca da Universidade, obteve um grande triunfo". *Diário de Coimbra*, 15 dez. 1934.

J.R. [José Régio]. "Alguns poemas de Cecília Meireles". *Presença*, n. 53-54, v. 3, Coimbra, nov. 1938.

LAMEGO, Valéria. *A farpa na lira: Cecília Meireles na Revolução de 30.* Rio de Janeiro, Record, 1996.

LEITE, José Roberto Teixeira. *Dicionário crítico da pintura no Brasil.* Rio de Janeiro, Artelivre, 1988.

LEÃO, Francisco da Cunha. "Uma poesia absoluta". *Folha do Norte*, Belém,10 abr. 1949.

LIMA, Herman B. *História da caricatura,* v. 4. Rio de Janeiro, José Olympio, 1963.

LIMA, Yone Soares de. *A ilustração na produção literária. São Paulo - década de vinte.* São Paulo, IEB/USP, 1985.

LOPES, Óscar. *Entre Fialho e Nemésio. Estudos de literatura portuguesa contemporânea.* 2 v. Lisboa, Imprensa Nacional-Casa da Moeda, 1987.

MOISÉS, Massaud. *A literatura portuguesa.* 27. ed. São Paulo, Cultrix, 1992.

MONTEIRO, Adolfo Casais. "Saudando o Poeta" e "Canções". *Figuras e problemas da literatura brasileira contemporânea.* São Paulo, IEB/USP, 1971.

—————. *A poesia da presença.* Lisboa, Moraes, 1972.

MOURÃO-FERREIRA, David. "Cecília Meireles, acerca da sua poesia". *Távola Redonda*, n. 12, Lisboa, 1952.

—————. "Cecília Meireles, temas e motivos". *Hospital das letras.* 2. ed. Lisboa, Imprensa Nacional-Casa da Moeda, 1981.

MURICY, Andrade. *Panorama do movimento simbolista brasileiro.* 2 v., 2. ed. Brasília, Conselho Federal de Cultura/Instituto Nacional do Livro, 1973.

—————. "Meia hora com Cecília Meirelles e Correia Dias". *Festa*, n. 7, 2ª fase, Rio de Janeiro, mar. 1935.

NEMÉSIO, Vitorino. "Momento a Cecília Meireles". *A Esfera,* n. 16, Lisboa, dez. 1964.

_____. "A poesia de Cecília Meireles". *Conhecimento de poesia*. 2. ed. Lisboa, Verbo, 1970.

_____. "Um livro de Cecília Meireles". *Diário Popular*, Lisboa, 3 ago. 1949.

NEVES, João Alves das. "Cancioneirinho da Penajóia". *O Estado de S. Paulo*, 8 abr. 1989.

_____. *O movimento futurista em Portugal*. 2. ed. Lisboa, Dinalivro, s.d.

_____. "Três poetas brasileiros na *Távola Redonda*: Cecília Meireles, Manuel Bandeira e Jorge de Lima". Comunicação ao Colóquio sobre o Movimento literário *Távola Redonda*. São Paulo, 28-29 nov. 1988.

OLIVEIRA, Antonio de, OLIVEIRA, Margarida Teves de e PAVÃO, José de Almeida (pref.). *Armando Cortes-Rodrigues 1891-1971*. Ponta Delgada, Museu Carlos Machado/Instituto Cultural de Ponta Delgada, 1991.

OLIVEIRA, Ana Maria Domingues de. *De caravelas, mares e forcas: um estudo de* Mensagem *e* Romanceiro da Inconfidência. FFLCH/USP, 1994 (inédita).

OLIVEIRA, José Osório de. *História breve da literatura brasileira*. Lisboa, Editorial Inquérito, 1939.

_____. "A literatura brasileira em Portugal". *Atlântico*, n. 5, Lisboa-Rio de Janeiro, 1944.

_____. "O mito do Brasil". *Atlântico*, n. 4, Lisboa-Rio de Janeiro, 1943.

_____. "No segundo aniversário da morte de Mário de Andrade". *Atlântico*, n. 4, 2ª série, Lisboa-Rio de Janeiro, 1947.

_____. "Viajantes ilustres: a poetisa do Brasil - Cecília Meireles - chega amanhã a Lisboa". *Diário de Lisboa*, Lisboa, 9 out. 1934.

PAES, José Paulo. "Poesia nas alturas". *Os perigos da poesia e outros ensaios*. Rio de Janeiro, Topbooks, 1997.

PAVÃO, José de Almeida. "O portuguesismo de Cecília Meireles e os Açores". *Ocidente*, v. LXXXIV, Lisboa, 1973.

PESSOA, Fernando. *Obra poética*. Maria Alíete Galhoz (org.). 2. ed. Rio de Janeiro, Aguilar, 1965.

_____. *Páginas íntimas e de auto-interpretação*. Textos estabelecidos e prefaciados por Jacinto Prado Coelho e Georg Rudolf Lind. Lisboa, Ática, 1966.

PORTUGAL, José Blanc de. "Cânone de Cecília". *Ocidente*, LXVIII, jan. 1965.

"A poesia contemporânea do Brasil, evocada brilhantemente por Cecília Meireles". *Diário de Notícias*, Lisboa, 5 dez. 1934.

"A poetisa Cecília Meireles esteve em S. Miguel". *Açores*, 1 dez. 1951.

PINTO, Álvaro. "Um poeta da beleza". Entrevista ao *Diário de Lisboa*. Lisboa, 29 nov. 1935.

PIRES, Daniel. *Dicionário das revistas literárias*. Lisboa, Instituto Português do Livro, 1986.

QUEIROZ, Carlos. "Acerca do último livro de Cecília Meireles: *Mar absoluto*". *Atlântico*, Lisboa-Rio de Janeiro, fev. 1947.

_____. "Cecília Meireles, poetisa européia". Suplemento Literário, *Diário de Lisboa*, 21 dez. 1934.

_____. "Viagem". *Revista de Portugal*, n. 10, Lisboa, nov. 1940.

RICARDO, Cassiano. *A academia e a poesia moderna*. São Paulo, Revista dos Tribunais, 1939.

ROBB, James Willis. "Alfonso Reyes y Cecília Meireles: una amistad mexicano-brasileña". *Revista de Cultura Brasileña*, n. 52, Madri, Embaixada do Brasil, nov. 1981.

RODRIGUES, João Bernardo d'Oliveira. "A ascendência micaelense de Cecília Meireles". *Insulana*, v. XX, Ponta Delgada, 1964.

SAMPAIO, Nuno de. "O purismo lírico de Cecília Meireles". *O Comércio do Porto*, 16 ago. 1949, parcialmente transcrito in MEIRELES, Cecília. *Obra poética*, op. cit.

SARAIVA, Arnaldo. "Cartas de Mário de Andrade a José Osório de Oliveira". *Colóquio Letras*, n. 33, set. 1976.

_____. *O modernismo brasileiro e o modernismo português*. 3 v. Porto, s.ed., 1986.

_____. "Morte e vida de Cecília". *Diário de Notícias,* Lisboa, 2 nov. 1993.

SENA, Jorge de. "Algumas palavras"; "Cecília Meireles, ou os puros espíritos"; "Em Louvor de Cecília Meireles"; "Mar absoluto". *Estudos de cultura e literatura brasileira*. Lisboa, Edições 70, 1988.

SILVA, Alberto da Costa e. "Portugal, de minha varanda". *Via Atlântica*, n. 2, São Paulo, 1999.

SILVA, José da. "Evocando Cecília Meireles: uma obra admirável ao serviço da humanidade". *Diário de Notícias*, Lisboa, 17 abr. 1969.

SILVEIRA, Tasso da. "Álvaro Pinto". *Ocidente*, n. 226, v. LII, Lisboa, 1957.

SIMÕES, João Gaspar. "Cecília Meireles - *Metal Rosicler*". *Crítica II*. Lisboa, Delfos, s.d.

_____. "Cecília Meireles, precursora do moderno lirismo brasileiro". *Primeiro de Janeiro*, s.l., 16 nov. 1964.

_____. "A distante, ausente, vaga Cecília Meireles". Memórias da minha vida literária, *A Capital*, Lisboa, 3 jun. 1975.

_____. "Fonética e poesia ou o *Retrato natural* de Cecília Meireles". *Literatura, literatura, literatura...* Lisboa, Portugália Editora. 1964.

_____. "A poesia e o espírito crítico". *Diário de Lisboa*, 4 out. 1944.

_____. "Um poeta do Brasil". Livros da semana, *Diário de Lisboa*, 31 dez. 1942.

VIEIRA DA SILVA. *Monographie*. Genève, Skira, 1993.

Periódicos consultados

Portugueses
Açores, A Águia, Atlântico, Colóquio, Colóquio Artes, Colóquio Letras, Diário da Manhã, Diário de Lisboa, Diário de Notícias, Insulana, Jornal de Letras, Litoral, Lusíadas, Mundo Literário, O Mundo Português, Ocidente, Orpheu, Pensamento, Portugal Futurista, Presença, Primeiro de Janeiro, A Rajada, Revista de Portugal, Seara Nova, Távola Redonda.

Brasileiros
Festa, Klaxon, Revista da Academia Brasileira de Letras (1939), *Revista da Semana, Terra de Sol.*

SOBRE A AUTORA

Leila V.B. Gouvêa nasceu em Campinas, Estado de São Paulo. Fez cursos de letras e cinema na Universidade de São Paulo e graduou-se em jornalismo em 1972 pela Escola de Comunicações e Artes, também da USP.

Trabalhou na Editora Abril, *Jornal da Tarde* - do qual foi colaboradora em Paris -, *Gazeta Mercantil* (onde organizou e coordenou em 1977-78, período pré-anistia, uma seção de livros da qual participaram os principais intelectuais brasileiros da época) e *O Globo*, entre outros. Estagiou na redação do jornal *Le Monde* (1975); colaborou para as revistas *Veja*, *Isto é*, *República*, jornal *Valor Econômico* e para o *Jornal de Letras*, de Lisboa.

Estreou em 1967 com o livro de poesia *Tempo de paz*. Publicou a reportagem investigativa *Modernização ou sucateumento?* (1991, Círculo do Livro) e traduziu, entre outros, *O essencial do Alcorão*, versão em versos de Thomas Cleary (1993, Best Seller).

Desde o início da década de 90, estuda obra, vida e fortuna crítica de Cecília Meireles, sobre cuja lírica prepara tese de doutorado na Universidade de São Paulo. É autora de quase vinte artigos e ensaios sobre obra e vida da escritora carioca. Em 1998, recebeu bolsa de investigação em literatura do Centro Nacional de Cultura de Portugal, onde passou uma temporada trabalhando na reconstituição da trajetória de Cecília Meireles na terra lusíada. Dessa pesquisa resultou o estudo biográfico *Cecilia em Portugal*.

OUTROS TÍTULOS
DESTA EDITORA

OS AMORES AMARELOS
Tristan Corbière
Tradução de Marcos Antônio Siscar

O BESTIÁRIO OU O CORTEJO DE ORFEU
Guillaume Apollinaire
Tradução e apresentação de Álvaro Faleiros

CANTO DO DESTINO
Friedrich Hölderlin
Tradução de Antonio Medina Rodrigues

CRISTAL
Paul Celan
Seleção e tradução de Claudia Cavalcanti

DE PROFUNDIS
Georg Trakl
Tradução de Claudia Cavalcanti

ILUMINURAS
Arthur Rimbaud
Tradução de Rodrigo Garcia Lopes
e Maurício Arruda Mendonça

O MATRIMÓNIO DO CÉU E DO INFERNO
E O LIVRO DE THEL
William Blake
Tradução de José Antônio Arantes

MÚSICA DE CÂMARA
James Joyce
Tradução, introdução e notas de Alípio Correia de Franca Neto

POMAS, UM TOSTÃO CADA
James Joyce
Tradução, introdução e notas de Alípio Correia de Franca Neto

POEMAS
Sylvia Plath
Tradução de Rodrigo Garcia Lopes
e Maurício Arruda Mendonça

POESIA
Mario de Sá-Carneiro
Organizada por Fernando Paixão

O NU PERDIDO e outros poemas
René Char
Tradução de Augusto Contador Borges

OBRA POÉTICA
Yves Bonnefoy
Tradução e apresentação de Mário Laranjeira

POESIA EM TEMPO DE PROSA
T S. Eliot & Charles Baudelaire
Tradução e notas de Lawrence Flores Pereira
Organização e ensaios de Kathrin H. Rosenfield

TRILHA ESTREITA AO CONFIM
Matsuo Basho
Tradução de Kimi Takenaka e Alberto Marsicano

Este livro terminou
de ser impresso no dia
15 de agosto de 2001
nas oficinas da
Associação Palas Athena,
em São Paulo, São Paulo.